「……ま、まだ、入れるんですか……？」
自分の体がどうなってしまうのか、怖ろしくなって、
泣き声で立花は訊ねた。

Illustration／HARUHIRA MOTO

プラチナ文庫

Platinum Label

追いかけようか?

渡海奈穂

"Oikakeyohka?"

presented by Naho Watarumi

プランタン出版

イラスト／元ハルヒラ

目次

※本作品の内容はすべてフィクションです。

1

午後六時になると、西条守《さいじようまもる》のＰＣからは小さく短いアラーム音が響く。毎日この時間に鳴るようにアプリをセットしてあるのだ。

アラームを聞くと同時に、たとえ手がけている仕事が中途半端でも、西条はそれを一旦切り上げることにしていた。

「メシ買ってくる」

建前では終業時間は午後五時半だが、入社後の研修期間が終わって以来、四年目になる今日まで、そんな時間に仕事から解放されたことなど数えるほどしかない。今月に入ってからはとみに忙しい。

今日もあと最低三時間は居残る羽目になるだろう。そのための腹拵《はらごしら》えが必要だ。

気分転換も兼ねて、だから西条は毎日この時間になると、食料と飲み物を補給するために休憩を入れる。

「あああ西条さん、私もう、帰っていいですかあああ」

西条が座席から立ち上がったと同時に、低いパーティションで区切られた隣席に座っていた部下の女性社員が、妙な声を上げながらデスクの上に突っ伏した。

「駄目」

端的に答えた西条の声を聞いて、部下が頭を両手で抱え込む。

「これで連続四回デートキャンセルですよ、きっと私、そろそろ彼氏に捨てられます。そうなったら西条さん、責任取って結婚してくれますか？」

「え、やだよ」

彼女は小柄で可愛《かわい》らしい女性だったが、西条の好みではない。

というか、最近は多忙なせいで恋愛ごとからすっかり遠離《とおざか》り、相手が好みの女性であったとしても、その手の話題を振られて照れたり喜んだりする気も起きないのだ。

部下が顔を上げて、恨みがましそうな目で西条を見遣《みや》った。

「そういう時は冗談でも『いいよ』とか、せめて『大丈夫、彼氏は待っててくれるよ』とか慰めるものじゃないんですか……」

西条は部下に向かって微笑み、優しくその肩を叩《たた》いてやった。

「大丈夫、彼氏にフラれたら、悲しい恋なんて忘れられるようにもっとたくさん仕事を回してやるよ」

優しく微笑む西条に、部下は「鬼……っ」と罵《ののし》り声を上げて再び机に突っ伏した。

西条は笑い声を噛《か》み殺して座席から離れた。部下が絡《から》んでくるのも息抜きの一環だというのはわかっているので、本気で取り合う必要もない。

（これだけ働いて、まだ恋愛に割《さ》ける余力があるっていうんだから、若い女の子はすごいよ）

若い、といっても西条もまだ二十七歳だ。しかしふと冷静に数えてみて、最後に恋人がいたのが四年……いや、五年前？　それすらもあやふやになるくらい昔のことだから、妙にしみじみしてしまう。

（相手なんかいない方が、諸々楽《もろもろ》でいいんだけどさ）

西条が勤める社のビルは、駅から歩いて十分足らずのあたりにあった。

エレベーターを使って五階のオフィスから一階に下り、ビルから出ると、外はすっかり暗い。

春先とはいえ、夕方になると肌寒く、西条はスーツの上着を着てこなかったことを後悔した。オフィスの中は暑かったから、薄手のカーディガン一枚を羽織っているだけだ。少し背を丸めて道を歩いた。みっともないだろうが、寒いものは寒い。

早足に進んで辿《たど》り着いたのは、駅前、シアトル系のカフェ。

全国展開しているらしいとはいえ、店舗数は少ないマイナーな店だ。鳥なのかクマなのかわからない謎のマスコットキャラクターが目印の『ベアダックカフェ』。ここが西条の行きつけだった。

駅前広場の一角にある好立地で、朝晩と昼の時間はいつも混み合っている。今も、会社帰り、学校帰りの主に若い客たちがすべての座席を占拠していた。この気温だというのに、外のテラス席までほぼ満席だ。外のテーブルを占めているのは、ほとんどが同じ制服を着た高校生。近くにある私立校の生徒たちが、賑《にぎ》やかに騒ぎ立てながらコーヒーを飲んだり、軽食を口に運んだりしている。

西条は自動ドアからガラス張りの店内に入った。

「いらっしゃいませ！」

「いらっしゃいませ、ようこそベアダックカフェへ！」

愛想のいい店員たちが、新しい客に向けて一斉に朗らかな声を向ける。

西条はレジカウンタに数人並んでいる客たちの最後尾についた。レジはふたつ。どちらも同じくらいの混みよう。

レジの上方に表示されたメニュー表を見上げつつ、今日はどのコーヒーにしようかと思案する西条のそばに、若い男性店員が近づいてきた。

「――いらっしゃいませ」

他の店員たちに比べると、一段階低い声。トーンが、という意味ではない。何というか、テンションがやたらローなのだ。

「お客様、店内でお召し上がりですか」

「いや、持ち帰り」

立花《たちばな》、という名札が西条の目に入る。白いシャツにベストにバリスタエプロンという出で立ちは、この店のユニフォームだ。名札と袖口にブサイクなクマ（鳥？）のマークが記されている。

店員は西条に小さく一礼すると、すぐに別の客の方へ向かった。店内が混み合っているから、中で飲食する客には、先に座席を確保するよう勧める役割を負っているのだ。

（訊かなくてもいい加減わかるだろうに、ご苦労さんなことだよ）

立花という店員と西条は、すでに顔見知りだった。

何しろ西条は平日のこの時間、必ず毎日店を訪れる。『立花』は月、木、金曜のこの時間帯にシフトが入っているらしく、だから週に三度は顔を合わせていた。

西条が立花をこの店で見かけるようになってから、かれこれ半年以上だ。

今が三月で、立花が店に来たのが去年の八月だから、正確を期せば七ヵ月余り。二十歳前後に見えるから、大学生のアルバイトなのかもしれないと何となく見当をつけている。

向こうもすでに西条の顔、最近は大抵品物を持ち帰ることも知っているだろうに、接客マニュアルに従っているのか、いちいち『店内でお召し上がりですか』という確認をやめない。

勿論《もちろん》それを訊ねるのは立花だけではなく、他の店員であることの方がむしろ多かったのだが、何しろ彼の低すぎるテンションのせいで、西条の印象にやけに残ってしまうのだ。

「いらっしゃいませ、お客様、こちらでお召し上がりですか」

立花は、西条のすぐ後ろに並んだ若いＯＬにも声をかけていた。やはりテンションが低くて、どことなく気怠《けだる》げにすら聞こえる声音。

こいつ、接客業に向いてないんじゃないか——と西条が思ったのは、最初に彼を店で見かけた時からだ。他の店員たちが無闇に朗らかだから、余計にそう感じる。

ただ、不快ではなかった。立花に愛想はないが、言葉遣いや物腰は丁寧だった。おまけに造作は整っている。雰囲気は若干暗めだし印象としては地味なのだが、よく見ると美形なのだ。

立花が綺麗《きれい》な顔をしているのに西条が気づいたのは、実をいえばここ最近のことである。それくらい彼は無愛想で地味だった。

背は西条より低いから百七十センチ代前半くらい。少し痩《や》せすぎかもしれない。そのせいでますます地味なイメージなのだろう。長い手脚を持て余しているようにも見えていた。

他の男性店員よりも、エプロンの紐《ひも》の余りが多い。

入社以来四年も通い続けていれば、顔や名前を覚える店員は大勢いたが、立花の存在は西条にとって異端だった。行くたび妙に気になる。『こいつは、こんなふうでやっていけてるんだろうか』という心配が一番だ。だが余計なお世話かもしれない。この無愛想さで馘首《くび》にならないのだから、仕事はできるのだろう。レジ打ち、コーヒーや軽食の用意をしたり、他のバリスタにオーダーを伝える様子はスムーズだったし、メニューについて質問すれば、すぐに淀《よど》みない答えが返ってくる。

淡々、という表現がぴったりな調子で仕事をこなす立花の姿を見ることが、西条にとってはすでに日常になっていた。

たまに相手の肩を力一杯叩いて『頑張れよ！』と励ましてやりたい気分にもなった。西条自身、学生時代はファーストフードでアルバイトをしていたせいもあるだろう。不審《ふしん》すぎるだろうからやらないが。

最初の頃は、きっと何か辛いことがあって落ち込んでいるせいで笑わないのだと思っていた。

だが七ヵ月もの間、一度も笑う姿を見た覚えがないのだから、立花が笑わないのは単に性格が理由なのだろう。

そんなことを考えているうち、西条に注文の順番が回ってきた。

「お待たせいたしました、本日は深入りローストのコロンビアがおすすめのコーヒーとなっておりますが、いかがでしょうか」

立花とは比べものにならないくらい愛想がよく、明るい口調の店員に迎えられる。こちらは西条が毎度『本日のコーヒー』ばかり注文しているのを覚えているのだろう、それを勧めてきた。

「じゃあ、それのホット、トールで。あとチキングラタンのパニーニ。あ、温めてくださ い」

淀みなくセールストークをする店員に、西条の方も慣れた調子で答えていく。会計はベアダックカード。要するにこの店専用のプリペイドカード。ポイントが溜まるとノベルティがもらえるか、一杯分のコーヒーがタダになるかが選べる方式だ。ブサイクなクマにはまったく興味がなかったので、西条がいつも選ぶのはタダのコーヒーの方。

「あちらのカウンタからお出しいたしますので、少々お待ちください」

会計を終えると、店員に促され、西条はレジの前から提供カウンタの方へと移動した。混んでいるので少し時間がかかる。暇潰しに、そばにある商品棚を眺めた。コーヒー豆とか、タンブラーとか、ちょっとした茶請けなどが並んでいるコーナー。

（そういや、松嶋《まつしま》が、このブサイクなクマが好きって言ってたなあ）

部下が以前そう話していたのを西条は思い出す。コーヒーが苦手だから滅多に店には行かないが、マスコットの『ベアダック』は好きなのだと、西条が持って帰る紙カップのロゴを眺めて言っていた。

そのブサイクなクマが、カゴの中でぎゅうぎゅうひしめき合っている。指で摘《つま》めるくらいの小さなサイズに細いチェーンがついた、まあ携帯電話とか鍵に飾るようなやつだろう。

（しかし、ちっとも可愛くねぇな）

ゆるキャラ、などという言葉が流行る前からこのデザインなのだから大したものだ。松嶋は確か『キモ可愛い』と言っていた。『ブサ可愛い』だったかもしれない。西条に言わせれば『キモキモい』だ。可愛い要素がちっとも見当たらない。大体、クマなのかアヒルなのかはっきりしろと思う。

「――明後日から、春の新しいモデルが入荷しますよ」

クマをひとつ手に取り、矯《た》めつ眇《すが》めつして眺めている西条の真横から、唐突に声が聞こえた。

西条は少し驚いて、そちらの方へ顔を向ける。

無愛想な横顔があった。

（『立花君』）

なぜか、例のテンションの低い店員が立っている。

「値段とサイズは一緒ですけど、布地が変わります。花柄に」

「へえ……」

面喰《めんく》らいながら、西条は相槌《あいづち》を打った。

何しろ、レジでの注文や座席確保の確認以外で立花に声をかけられるなど、この七ヵ月で初めての経験だ。

他のスタッフも、こちらから話しかけなければ滅多に声をかけてはこない。そういうマニュアルなのだろう。質問すれば懇切丁寧な答えが返ってくるが、セールストーク以外で店員の方から客に接触してくることはなかった。

（いや、これもセールストークなのか？）

「だから、明後日以降に買った方がいいです」

無愛想な顔のまま、棚の商品を綺麗に並べ直しながら、西条の方へは視線を遣らずに立花が続ける。

これを買うなと告げているのだから、やっぱりセールストークではないのだろうかと、西条は内心で首を捻《ひね》った。

店の利益を考えれば、まずこれを買わせて、新しいデザインのクマが入荷したら、「そちらも是非」と薦めるのが定石というものではないだろうか。

「でもこれはこれで、キ……可愛いし」

西条はこのクマがどんな柄だろうと、そもそも興味がない。買う前提で話しかけられてしまったが、暇潰しに眺めていただけだ。

だったら『じゃあ明後日以降に買うから、これはやめておく』とでも適当に答えて、摘んだマスコットはカゴに戻せばいいようなものだったが、こう頻繁《ひんぱん》に顔を合わせる相手に、その場しのぎの嘘を言うのも少々後ろめたい。

かといってわざわざ明後日まで待って、実際新しいクマを買うのもバカバカしい。

――という、複雑なのか単純なのかわからない心地で、西条は摘んだクマを手放さずにいた。

「そうですか」

そして立花は、西条の返答を聞くと、小さく鼻を鳴らした。

もしかしたら笑ったのかもしれない。

唇の片端だけ持ち上げる微《かす》かな笑いで、何だか、あまり好意のようなものを感じられない表情だった。

――小馬鹿にされたような気すらする。

呆気《あっけ》に取られているうち、立花はそれ以上は何も言わずに西条のそばから離れ、空いた座席の片づけに向かってしまった。

(何だそりゃ)

初めて声をかけてきたと思えば、この態度。

さすがに西条は気を悪くした。

相手の意図がさっぱり読めない。わざわざ馬鹿にするために近づいてきたのなら、あまりに悪趣味だ。

腹立たしいのでクマをカゴに戻してしまおうかとも思ったが、立花がこちらの気分を害するために声をかけてきたというのなら、それを気にしているように思われるのも癪《しゃく》に障る。

自分でも馬鹿馬鹿しい行動だと思いつつ、西条は『何も気にしていませんよ』という顔で、クマをレジに持っていった。

クマの会計をすませた頃、ちょうど注文した飲み物と食事が出てきたので、西条はそれらを受け取り店の出口へと向かう。

「――ありがとうございました」

ドアの間近の席を片づけていた立花が、相変わらず無愛想なまま声をかけてくる。

西条はクマを買った時と同じ気分、立花に嗤《わら》われたことなど何も気にしていませんよという態度で、にっこりと相手に笑顔を向けてから、店をあとにした。

肌寒い通りに出ながら、しかし一体俺は何をやっているんだと思う。妙に子供っぽいことをしてしまった気がする。

普段の西条は、他人の嫌味だの当て擦《こす》りだのを大して気に留めない方だ。よくて鷹揚《おうよう》、悪くて鈍感と評される時もある。自分では単に面倒臭がりだと思っている。『他人』と本気で諍《いさか》いを起こすなんて億劫《おっくう》で仕方がない。つき合いに何かしらのメリットがある人ならともかく、興味も好意もない相手に何かしらの働きかけを行うなんて馬鹿げている。

だからさっきも、向こうがこちらをどう思おうが歯牙《しが》にもかけず、クマを置いて知らん顔をしていればよかっただけなのに。

(……で、どうすりゃいいんだ、これ)

大体ブサキモいマスコットのクマを携帯電話や自宅の鍵につける趣味など、西条にはない。

仕方なく、オフィスに戻ったあと、隣の席の部下松嶋にプレゼントした。

「キャー、可愛い！　えっ、これもらっていいんですか？」

松嶋は思った以上に喜んで、歓声を上げた。

「嬉しい、携帯につけちゃおう」

松嶋の携帯電話には、すでに同じ形のクマがぶら下がっている。本当にこのブサイクなマスコットが好きらしい。

「でも、どうしたんですか？　あ、私、彼氏がいるから駄目ですよ？」

芝居がかって警戒して見せる部下を、西条は冷たい目で見遣った。

「ちょっと流れで買う羽目になったけどいらないし、捨てるよりはと思っただけだ」

「ふーん、よくわからないけど、ありがとうございます」

残業を嘆いていた松嶋は、クマのおかげですっかり機嫌を直し、元気に仕事の続きを始めた。

西条は買ったパニーニを自席で食べつつ、カフェでのことを何となく思い出す。

立花店員とせっかく初めて言葉を交わしたというのに、あの態度。やっぱり今思い返しても、興醒《きょうざ》めだ。

そう考えてから、西条は一人首を捻った。

（『せっかく』ったって、向こうはただの店員だぞ）

話しかけられてありがたがるようなものでもない。

（虫の居所でも悪かったのか、俺は）

不愉快さを引き摺《ず》るほどの事件でもないだろう。

大したことじゃない。

西条は食事を終えると同時にクマと『立花君』については意図的に忘れ、当分続く残業の中に再び身を投じた。

◇◇◇

大したことじゃない、と思ったのは間違いだった。

不用意にオフィスの中で松嶋にクマのマスコットをあげたせいで、それを見ていた他の女性社員が仲間を集め、『松嶋さんばっかりずるーい』と、翌日突き上げを喰らってしまったのだ。

突き上げと言っても冗談交じりのものだったが、上司が特定の部下、それも異性にプレゼントをするなど、下心を勘ぐられても不思議ではない。松嶋は直接の部下で、他の女子社員たちは別の部署の人間だとしても、だ。

「西条さん、もしかして松嶋さん狙いなんですか？」

積極的な女子社員たちに探りを入れられ、西条は辟易《へきえき》した。

だから今は仕事が忙しいし楽しいので恋愛沙汰にかまけるつもりなどない――といくら口で言ったところで納得してくれそうにもなかったので、翌日の夕方、いつものようにベアダックカフェに出向いた西条は、仕方なく例のクマをさらに五つも買うことにした。

同じフロアにいる女子社員全員にプレゼントしないことには、余計な尾ひれのついた噂が流れて、どうも厄介な事態になりそうな予感がしたのだ。

陰であれこれ言われるのは構わないが、仕事にかこつけて探りを入れられるのは時間の無駄だし、邪魔臭い。

（何だこの、アホみたいな出費の理由は）

クマはひとつ六百八十円。松嶋の分も含めて合計税抜き四千八十円。なぜ懐を痛めてこんなブサイクなクマを買わなくてはならないのかと、どうにもこうにも腑《ふ》に落ちない。

マスコットは茶、紺、ピンク、白と四種類の色があったが、取り合いになられてもまた面倒だしと、西条は松嶋にあげたのと同じ紺色のクマを、カゴの中から探し出し始めた。

「その色が好きなんですか？」

紺色のクマをふたつほど手に握った頃、昨日と同様、立花に声をかけられた。

立花は、気づけばやはり昨日と同じく、西条の真横に立っている。

「いや、特に紺が好きっていうわけでもないけど」

西条は相手に視線も遣らず答えた。

二日続けて声をかけられたことに面喰らってはいたが、二度目なので「またか」という気分でもあった。

「……プレゼント、ですか？」

立花は相も変わらずローテンションだった。

「うんまあ、そういう感じ」

そして西条は、クマを追加で五つ買う羽目になった経緯を説明する気にはなれない。我ながら情けない理由だ。

(元はといえば、こいつが話しかけてきたりするせいで)

八つ当たりは承知の上で、西条は少々不機嫌になった。

顔に出すほど本気で腹を立てているわけではないが、素っ気なくなるのも無理はないだろうと、開き直る。

さっさとクマを買って帰り、女子社員たちに渡して終わりにしよう——と思っていたのだが、しかしカゴの中をどんなに探っても、紺のクマは四つしかみつからない。他の色も、三つとかひとつだけとかで、五つ揃《そろ》っているものはなかった。

（いいか、色違いでも）

西条は紺をひとつカゴに戻し、白をふたつ手に取った。

レジに向かおうと西条が棚を離れたら、立花も何も言わずにその場を去って行く。

（変な子だなあ）

今日こそ、立花が自分に声をかける意味がわからない。商品の説明をするでもなく、買い物を勧めるでもなく、どうでもいい質問をしただけだ。

もしかして暇だったんだろうか、と思うが、いつもと同じ時間帯、店内はいつもどおり賑わっているし、スタッフの数は多いとはいえ手が余っているふうでもない。

不審を覚えつつ、まあどうでもいいかと、西条はクマと軽食の会計をすませ、品物を受け取ってから店を出た。

後ろから呼び止められたのは、店を出て数十メートル歩いた頃だ。

「あの」

声は聞こえたものの、それが誰のものか、誰に対するものかもわからなかったので、気にせず歩き続けた。

「すみません」

それが自分に対する呼び掛けだと気づいたのは、後ろからシャツの袖を摑《つか》まれたせいだった。

「えっ?」

「……すみません」

西条が驚いて振り向くと、カフェの制服を着た立花がいた。

立花は西条が振り返ると同時に、パッと袖から手を離した。

「ええと、あれ、忘れ物でもしたかな」

カフェの店員に呼び止められる用件なんて、自分が店に何か忘れたか、店が何かを渡し忘れたかくらいしか思いつかない。

立花は軽く息を切らしている。走って追いかけてきたらしい。

それから、西条に向けて、店のロゴの入った紙袋を突き出してきた。

「これ」

「これ?」

反射的に、西条はその紙袋を受け取る。

「紺の」

立花は伏せた目を横に逸《そ》らして、西条の顔を見ないようにしているふうな印象だ。

「コンノ?」

立花の言葉はあまりに細切れすぎて、何を言おうとしているのか西条にはさっぱりわからない。

仕方なく受け取った紙袋の中を覗《のぞ》き込んで、西条は軽く目を瞠《みは》った。

さっき買ったのと同じ形のクマ、紺色のやつが、四つも入っている。

「その色がいいのかと思って……」

「あ——ああ、在庫を探してくれたんだ？」

やっとそう思い至った。立花は、紺色のクマを物色する西条の様子を見て、その色を五つ探しているのだと察したのだろう。

「でも別に、どうしても紺がいいってわけじゃないし」

交換とか返品では手続きが面倒だ。

「いいんです」

だが立花は頑固《がんこ》な様子で首を振っている。

(交換なら、ここで替えればすむか？)

押し問答する方が面倒かもしれない。西条はすぐにそう判断して、自分が買ったクマが入った袋に手を突っ込んだ。

「じゃあ、ふたつ替えてもらおうかな」

「いいんです」

立花はなぜか同じ言葉をもう一度繰り返した。

「差し上げます」

「え？」

「これも」

もうひとつ手にしていた、マスコット入りのものよりももう少し大きな紙袋を、立花が半ば無理矢理西条に押しつけてくる。

咄嗟《とっさ》に受け取ってしまうと、紙袋はずしりと少し重たい感触がした。

「ちょっ、え、君」

何が何だかわからない。西条が呆気に取られているうちに、立花はふらっと踵《きびす》を返したと思ったら、いきなりその場を駆け出した。

「えー……」

逃げるように、立花の背中が店の方へ消えていく。

西条は意味不明な立花の行動に戸惑ったまま、押しつけられた紙袋の中身を覗き込んだ。

ますます意味がわからなくなる。

紙袋の中には、マグカップとか、タンブラーとか、キーホルダーとか、ポーチとか、ミニトートバッグとか、ボールペンとか、メモ帳とかいったものが詰められている。

すべてに例のブサイクなクマ、ベアダックカフェのマスコットが印刷されてあった。

「どういうこと……」

もしかすると新手の嫌がらせだろうかと、疑問を抱く。

いらないものを押しつけられたのかと思ったが、しかしどの商品も綺麗で、丁寧に薄紙やビニールで包んであるものばかりだ。大事にされていたもののようにしか見えない。

困惑しきった西条が、とにかく店に戻って立花の意図を確かめようと動きかけた時、ポケットの中の携帯電話が着信音を鳴らした。

「はい、西条」

『あっ、お疲れ様です松嶋です、T社担当の野間《のま》さんが大至急の用件だそうです』

——どうやらすぐ社に戻らなければならないようだ。

「わかった、今から行く」

西条はとりあえず立花を捕まえるのは断念する。

店を振り返り、手許の紙袋ふたつを見下ろしてから、急いでその場をあとにした。

◇◇◇

社に戻り、必要な作業が一段落したところで、西条はようやく食事にありつけた。

カフェから戻って二時間は経っていたので、コーヒーも軽食もすっかり冷え切っている。

マスコットを渡そうと思っていた女子社員たちは、すでに退社したあとだった。

「あれっ、西条さん、それどうしたんですか？」

食事のついでに、立花から渡されたグッズをあれこれ眺めていたら、松嶋に声をかけられた。

「やだ、やっぱり去年の夏のノベルティ！　そのボールペンとメモ帳のセット、あっという間に配布終了で全然手に入らなかったやつ！」

松嶋はやけに色めき立っている。視線は、西条がデスクの上に広げたクマグッズたちに釘付けだった。

「え、今ベアダックでそれ、売ってるんですか？」

「売ってたわけじゃない」

西条の返答を聞いて、松嶋は怪訝《けげん》な顔になった。西条が「店員からいきなり押しつけられた」といきさつを説明すると、ますます疑わしそうな表情でクマと西条を見比べた。

「何です、それ？　西条さん、大丈夫ですか？　働き過ぎで疲れました？」

「どうして俺の正気が疑われるんだ。俺だって意味わかんないんだよ」

仏頂面で、西条は頬杖《ほおづえ》をつき、マスコットのひとつを指に引っかけてぶら下げ、揺れる姿を眺めた。

やっぱりブサイクだ。

「これ、みんなノベルティなのか？」

「ペンとメモ帳と、ミニトートと、タンブラーはノベルティですね。期間中にいくら以上買ったとか、キャンペーンのコーヒーを何杯飲んでスタンプ集めて、ってやつ。マグとポーチとキーホルダーは売り物ですよ、もう完売したやつで、人気だったから未だにネットオークションなんかですごい高値がついてます」

西条の呟《つぶや》きに、松嶋が迷いもなく答える。単に好きという以上に、彼女はベアダックのマニアなのかもしれない。立て板に水とでも言うべきその説明に感心しつつも、西条は微かに眉根《まゆね》を寄せる。

そんなレアアイテムを、なぜ立花が自分に寄越したのか、ますます謎が深まるばかりだ。

「西条さん、ベアに興味ないでしょう？　何なら言い値で買い取りますから、譲ってくださいよ」

松嶋が交渉を試み始めたが、西条はにべもなく首を振った。

いのだ。

そう、他人に譲るわけになどいかない。松嶋の説明ではノベルティとして無料で配布されたものもあるようだが、たとえ無償だからといって、西条がそれらを受け取る理由はないのだ。

「くれるっていうなら、もらえばいいのに……」

「タダより高いものはないって言うだろ」

不満そうな松嶋をあしらって、西条はクマグッズを再び紙袋にしまい込んだ。

そして腹拵えをすませ、その後さらに一時間ほど残業をこなしてから、会社を出た。

まっすぐ駅に向かうが、改札には入らず、まだ営業中のベアダックカフェに足を向ける。

カフェは平日なら午後十時までやっている。

閉店時間間際だからか、店は閑散《かんさん》としていた。外のテラス席に客はおらず、中の席にも二、三組の客の姿が見えるだけ。

ガラス張りの店の中、立花の姿はすぐにみつかった。今しも帰ろうとしてる客から食器を受け取って、ごみの処理をしている。

西条が腕時計に目を遣ると、九時五十分過ぎを差している。あと十分足らずで閉店だ。

それまで待つか、それとも自分がそんな気を遣う必要もないのか。

迷っていたら、立花の方も西条の姿に気づいたようだった。

ガラス越しに目が合う。立花は食器を片づける手を止めて、ただじっと西条を見ている。

無愛想というか無表情で、少し離れているせいもあり、西条には立花が一体今何を考えているのか、どういう感情でいるのかすら、さっぱりわからない。

わからないまま、小さく手招きしてみた。

西条の仕種《しぐさ》に気づいた立花はトレイごと食器を返却棚に置いてから、少し早足で店の外に出てきた。

入口から数メートル離れたところに佇《たたず》む西条のところまで、まっすぐやってくる。

（目、でけぇなあ）

西条は何だかやけにそれが気になった。店にいる時は、接客業にあるまじき気怠げな表情をしているせいで、伏し目がちな印象があった。

だが今じっと西条を見上げる立花の目は、妙に大きく見えるのだ。

目というか瞳というか、黒目がでかいというのか。

数時間前に紙袋を渡された時も、目を伏せていたので気づかなかった。

（いや、今はそんなことを確認している場合ではなく）

西条は、手にしていた紙袋を持ち上げ、立花の方へ差し出した。

「これ。返すよ」

「……」

立花の視線が、西条の顔から紙袋へと移動する。

「もらう理由がないし。いきなり渡されても、正直困る」

迷惑だ、という気分を隠さずに西条は立花へと告げた。残業の間考え続けたが、やはりこれを立花に押しつけられる理由が、西条にはひとつも思い当たらなかった。

「……ベア、好きなのかと」

ぼそりと、ぶっきらぼうな立花の声が聞こえる。

「いや、好きなのは俺じゃなくて、会社の部下だから」

よしんば西条自身がクマを好きだとしたって、やっぱり個人的に親しいわけでもないカフェの店員から、こんなにたくさんのグッズをもらうのは変だ。

重ねてそう言おうとした西条は、立花の顔を見て、ぎょっとした。

立花は西条を見て、大きく目を見開いている。

あまりに無防備に、ストレートに、「ショックを受けた」といわんばかりの表情で。

「え……っ」

さらにその顔がゆっくりと自分から逸らされ、俯《うつむ》いて、泣きそうに歪《ゆが》むのを見て、西条はますます狼狽《ろうばい》した。

西条にしてみれば、自分がとてつもないひどい言葉をかけ、非道の限りを尽くしたような錯覚を起こすくらい、立花は悲しそうにしている。

「……」

立花はそのまま黙り込み、西条が差し出す紙袋を受け取ろうとはせず、ただ顔を逸らし続けた。

この行き場のない腕をどうすりゃいいんだと、西条は気まずい心地で考える。

端から見れば、やはりまるで自分が立花に悪辣非道な難癖をつけて、泣くほど困らせているような構図になっている気がする。

とにかく品物を返して、この場から逃げ去りたい。

西条は困惑しながら立花を見遣り、ふと、彼のエプロンのポケットから、見覚えのあるブサイクなクマのマスコットがぶら下がっているのに気づいた。紙袋に入っていたものと同じノベルティのボールペン。金具から伸びるチェーンに、プラスチックのクマがついているやつ。

カフェの店員なのだから、そのグッズを持ち歩いているのは、不思議ではない。

だがそのクマがひとつふたつではなく、三つも四つもぶら下がっているのを見て、西条は咄嗟に口を開いた。

「俺なんかより、君の方がよっぽどクマが好きだろ」

「……え」

のろのろと、立花の目が再び西条へと向けられる。

「なのにもらったら悪いし。随分前のノベルティだっていうのに、保存状態もいいし、大事にしてたんじゃないか。君が持ってた方がクマも喜ぶ」

なぜこんな機嫌を取るような台詞を言わなくてはならないのだ、と頭の片隅で不満に思いつつも、西条は目の前の立花の泣きそうに強張《こわば》った表情が少しずつ緩むのを見て、間違いなくほっとした。

泣かれたら困る。その一心で、愛想笑いすら浮かべながら、改めて紙袋を立花へと向ける。

「だから、これは、はい」

さらに相手の方へ紙袋を差し出すと、立花はのろのろした動きでそれを受け取った。

西条は安堵《あんど》して、やっと手を下ろす。

体よく押しつけ返すことに、どうにか成功したらしい。

「それじゃあ、俺はこれで——」

「ずっと好きだったんです」

用は済んだしさっさと帰ろうと動きかけた西条を、やけにきっぱりした立花の声が引き留めた。

立花はまた西条のことを、黒目がちの目でじっと見遣っている。

その眼差《まなざ》しに、西条はなぜかわずかに怯《ひる》んだ。

「あ……ああ、クマな。そうみたいだな」

好きだから、あんなにグッズを集めているということか。だったら建前ではなく、立花自身があの紙袋の中身を持っている方がいいと、西条は改めて思った。

「大事なものならこんな見ず知らずの相手に渡したりしないで、ちゃんと自分で保管しておく方がいいぞ？」

「あなたが好きだったんです」

西条の半ば説教じみた言葉を遮《さえぎ》るように、立花がまた妙にはっきりした声で言った。

その言葉の意味を、西条はすぐには呑《の》み込めなかった。

「――――は？」

ぽかんと。

大きく口を開ける西条から、立花がすぐに顔を逸らした。

「それじゃあ」

小さな声、早口でそれだけ告げて、立花は来た時と同様、小走りに店の中へと戻っていく。

「……え、何が？」

西条はただただ呆気に取られて、馬鹿みたいにその場に立ち尽くすことしかできなかった。

2

「すみません、お先です」

遠慮がちに聞こえた挨拶の声に、立花尚太《しょうた》はノートパソコンのモニタから視線を動かさないまま、短く「お疲れ様です」と返した。

閉店時間を過ぎ、アルバイトのスタッフたちは次々店をあとにしていく。

社員として勤める立花は、まだ日報の記入やマシンの手入れや仕入れの確認や施錠などの作業を残し、しばらく帰れそうにない。

「……やっぱり、私、立花さんに嫌われてるのかなぁ……」

客のざわめきも店内放送の音楽もマシンやミルの音も消えた建物内、若い女性アルバイトの呟きが廊下で変に響いた。

「そんなことないよ、あなた来たばっかりだから慣れないんだろうけど、立花さんってここに来た時からずっとああだから。気にする必要ないって」

彼女を励ます仲間の囁《ささや》きも耳には届いていたが、立花は顔色や表情を変えることもない。

しばらく淡々とノートパソコンのキーボードを叩き続け、スタッフルームから自分以外の人間が立ち去った頃に、小さく息を吐き出した。

——接客業に就いていながら、と誰からも言われてしまうだろうが、立花は人づき合いが苦手だ。

挨拶とか、社交辞令とか、タイミングを計るのが難しい。

仕事なので努力はする。それも、割と精一杯の努力だ。

しかし自分なりに他のスタッフと歩み寄ろうとしたところで、どうも一歩引かれてしまうというか、遠巻きにされてしまう。

自分がいると周りも気を遣うから、なるべくひっそりしているべきだと思って、閉店作業は自分一人でこなすようにしていた。

他の社員はアルバイトに手伝ってもらったり、同じ社員同士で作業を分担しているが、立花が時間帯責任者の日は、いつも立花一人での作業だ。

とりあえず書き上げた日報を本社に送ってから、立花はもう一度溜息《ためいき》をつく。

さっきは他人が去ってくれた安堵の溜息。

今度のは——思い出した記憶に対して浮かない心地になった、憂鬱《ゆううつ》の溜息だ。

(今日も、何の話もできなかった)

平日の夕方、六時頃、今日も彼はこの店を訪れた。

西条守という名を知っているが、それを口に出して呼んだことはない相手。

二十代後半くらいの歳。多分三十路は越えていないが、二十三歳の自分よりは確実に年上だろうと見当はつけている。

背が高くて、手脚が長くて、スタイルがいい。顔も格好いい。

なぜかときおり奇妙に薄情そうに見えることがあって、その表情が特に格好いい。

声は低くてよく通る。髪が伸びるのが早くて、二ヵ月に一度は散髪に行って、こざっぱりした髪型になる。

財布は三つ折りの茶色い革。よくしているネクタイと同じブランド。

現金は滅多に使わず、ベアダックカードを使う。

カードのポイントが溜まると、決まって『本日のコーヒー』を頼む。あれは一番安いやつだから、せっかくどんなドリンクのどんなサイズでも一杯は無料なんだし、もっと別のものを頼んだらいいのに……と言えないまま七ヵ月。

(何であと一ヵ月が待てなかったんだろう)

立花が何度も繰り返し、猛烈に悔やんでいるのは、一週間前の夕方のことだ。

その前日、仕事中、初めて自分から西条に話しかけた。

西条がベアダックのキーホルダーを買っていったのが、嬉しかった。いつも食べ物と飲み物ばかりで、グッズには興味がないようだったから、やっとベアダックの可愛さに開眼してくれたのだと思って、舞い上がってしまった。

（いきなり告白するのも怖いだろうから、話しかけてみたのは、まあよかったんだけど）

何とか西条と言葉を交わすくらいに近づきたかったのだ。

虎視眈々《こしたんたん》と機会を狙っていて、あの日、やっと声をかけることができた。

ベアダックを西条が手にしているのを見て、勇気が湧《わ》いた。

できるだけいい印象になるよう、頑張ってにっこりと笑ってみせたつもりだったが、うまくできたかどうか自信はない。

いつも接客の時に頑張って愛想よくしているつもりなのに、目上の社員からは『顔が怖いから何とかしろ』と注意されてばかりだった。

（どうも俺は、自分で思ってるより、無愛想に見えるらしい）

決して不機嫌なわけではないのに、黙っていると『どうして怒っているのか』と聞かれることもしばしばだ。

そのせいで、余計に人づき合いが苦手になる悪循環。

（西条さんには、せめて、普通くらいの印象だといいんだけど……）

初めて話ができて、浮かれて、テンションの高い変な店員だと思われていたら嫌だなと思う。

あの日は別れ際に、こちらを見て西条が優しく笑ってくれたのが、立花には信じがたく嬉しかったものだが――。

さらに浮かれた立花は、その翌日、調子に乗って店のノベルティを押しつけてしまった。

「……」

立花はポケットに手を入れて、中からベアダックのマスコットを引っ張り出した。

西条が最初に買ったのと同じ、紺色のやつ。

ひそかに「お揃いだ」などと考えてしまう自分は、少し少女趣味かもしれないと、気恥ずかしくなる。

（いきなり押しつけられて、迷惑だったんだろうな）

あれもちょっと、大分、早まった。

そう、予定では、あと一ヵ月後のはずだったのだ。

プレゼントも――告白も。

（後腐れなく告白して、終わるつもりだったのに）

あと一ヵ月経てば、店舗での実地研修が終わる。

そもそも経営側の人間として入った会社だ。入社後はしばらく店舗でバリスタとして働くのが通例で、立花はここに来る前にも数ヵ月別の店舗で勤め、この店で八ヵ月を過ごして、本社に戻る予定になっている。

だからこの店での研修が終わる直前に、西条に気持ちを告げるつもりでいた。週に何度も顔を合わせる相手に告白して、その後も顔を合わせ続けるなんて、絶対に耐えられないと思ったから。

向こうも気を遣うだろうし、立花も気まずい。

駄目で元々、という言葉すらおこがましいと思えるほど、立花は自分の恋に関して何の期待もしていなかった。

百パーセント駄目なのはわかりきっているが、気持ちが燻《くすぶ》ったまま研修を終えるのは嫌なので、言ってスッキリして本社に行こうと決めていた。

記念告白とでも言えばぴったりだろう。

（なのに雰囲気に流されて、言ってしまった……）

愚かすぎることをしたと、一週間の間に百遍は悔やんだ。

あの日、好きだと言った時、西条は呆《あき》れ返ったように大きな口を開けていた。

その表情を思い出すにつけ、立花は溜息を漏《も》らさずにはいられなくなる。

（気味悪がられたかもしれないけど——でも店を変えるほど嫌がられてはいない）

自分が勢い余って告白をしてしまったせいで、もしかしたら西条は二度とこの店に来なくなるのではと、立花はそれをもっとも危惧《きぐ》していた。

立花より長く勤めているスタッフにそれとなく訊《たず》ねたところ、西条は少なくとも二年以上はこの店に通い続けているらしい。

そんなに気に入っている店を、自分の愚かさのせいで西条が通えなくなるのなら申し訳が立たない。

だが立花の心配は杞憂《きゆう》に過ぎず、西条はあれからも平日の夕方、毎日店に姿を見せている。

——ただし、立花のことは完全無視だった。

話しかけて無視される、という意味ではない。立花は気まずくて、もう自分から西条に声をかけられなかった。西条の方から立花に声をかけることがないのは、告白する以前からだ。

一週間前、閉店直前に立花が店の前に現れて、手招きされた時は、夢でも見ているのかというくらいぼうっとした心地になったものだが。

告白後、店に現れる時の西条は、立花に視線をくれることもない。

(なかったことにしたんだろうな)

当然だ、と立花はまた溜息をついた。失望というよりも、安堵の溜息だ。立花が望む一番無難な反応だった。

顔を歪めて逃げたり、不気味なことをするなと罵詈雑言《ばりぞうごん》を浴びせかけたりはしないのだから、西条は優しい。

（このままあと三週間をやり過ごそう）

立花はそう決意した。そう、それが何よりいい方法だ。西条にも、自分にも。

男の、それもこんな地味でおもしろ味もなくて暗くてその上少女趣味の自分に一方的な好意を寄せられるなど、西条にとっては災難以外の何ものでもないに決まっている。

そして西条に迷惑だとはっきり宣言されたら、自分は辛くて、悲しくて、苦しくて、生きてはいけないだろう。

立花は一人頷《うなず》くと、パソコンの電源をオフにした。

◇◇◇

西条への告白をなかったことにして、いつも通りの日常を過ごそうと思った立花の決意は、翌週から少し裏切られた。

アルバイトのスタッフが立て続けに辞めてしまったので、いつもは支社や関連会社への研修に宛てている火曜日と水曜日まで、店舗に出なくてはならなくなったのだ。

（なるべく顔を合わさない方向でいきたかったんだけど……）

しかし自分の都合で店に不利益をもたらすわけにもいかない。

水曜日の六時過ぎ、西条が店に現れ、よりによって立花が入っているレジに並んだ。

「――いらっしゃいませ、ご注文がお決まりでしたらどうぞ」

平静、平静、と自分を励まし、立花はいつも通り振る舞おうと努力した。

先週と昨日はこの時間帯にカウンタ内に入ることは避けていた。西条は基本的にレジと受け取りカウンタにしか寄らないから、そこさえ避けていれば言葉を交わすことなく、目も合わせずにすんだのだ。

「本日のコーヒーのホットのトールと、チキンとトマトのパニーニを」

慣れた調子で注文する西条の言葉を、復唱してから、合計金額を伝える。

立花は緊張のあまり目の奥が痛くなって、自分がきちんと言葉を発せられているのかもわからなくなっていた。

「今週は火曜日も水曜日もいるんだな」

ベアダックカードを差し出しながら、西条が言った。

立花は言われた意味を、すぐには理解できなかった。

「え」

「いつもは休みだろ、火水」

驚いて、立花はメニューやレジのテンキーばかりを見ていた視線を上げてしまった。

西条と目が合う。また驚いて、咄嗟にベアダックカードに目を落とした。

震えそうな手で、西条のカードを受け取る。

「カード、お預かりします……あの、ストーカーとかじゃ、ありませんから」

小声で答えたら、なぜか小さく噴き出された。

「や、わかってるけど、それは」

なぜ笑われたのか立花にはわからない。告白した相手が自分の行き先にいるなんて、態度には出さなくても西条には不愉快なことだろうと、彼が店に来る時は気が重くて仕方がなかったというのに。

「ちょっと曜日を勘違いしそうになるな。月曜か木曜か金曜か、って気分」

どうやら西条は、自分の出勤する曜日を把握しているらしい。

そのことに立花はとても驚き、それと同じくらいに舞い上がってしまった。

（少なくとも、俺がいるからって店に来るのを避けるほどに嫌われてはいない……）

もしかすると歯牙にもかけないから、わざわざ習慣を変える必要を感じず、今までどおり店に通っているのだろうかとひっそり考えていたが。

（でも、声かけてくれた）

動揺しながら、立花はカードをレジに通して清算の操作をする。

カードを返そうとして、西条の指がこちらに向くのを意識しすぎたあまり、思わずそれを取り落としてしまった。

「し、失礼しました」

震える手で、カウンタの上に落ちたカードに触れる。

と同時に西条も同じくカードを拾おうとしてそれに触れたのを見て、立花はまた思わず、熱いものにでも触れてしまったかのような動きで、慌てて手を離した。

「シフトが……少し、変わったので」

西条がレジに並んだ時から俯いていたので気づかなかったが、今日は客が少ない。いつもなら数人列ができているのに、今は西条の後ろに他の客の姿がない。

西条は店が空いているのを見計らって、立花に声をかけてきたのだろうか。

「すみません、手が足りなくて、火水も出なくちゃいけなくて……あの、シフトは都合で替えられないので、顔を合わせることになって……すみません」

口籠《くちご》もりながら、立花は俯きがちにそう告げた。

不必要な言い訳をしていると、自分でもわかっている。明らかに動揺した姿を見られて、気味悪がられたら嫌だと思って、さらに無様な姿をさらしている。

（相手になんかしてくれなくても、せめて、嫌わないでいてくれれば……道端の石ころとか草くらいにどうでもいいものとして認識してもらえれば、それでいいのに）

不快な思いをさせたくないし、傷つきたくない。

消え入りたい気分で俯く立花の耳に、困ったような、苦笑染みた声が小さく届いた。

「あのさ、脅《おど》すつもりとかはないから」

立花がもう一度、おそるおそる視線を上げると、声音どおり苦笑している西条の表情がある。

目が合うと、今度は安心させるように、苦笑ではないやり方で微笑んだ。

「珍しい曜日に姿見て、つい。ごめんな」

そう言って片手を挙げ、小さく指を振るようにして、レジの前を離れていく。

「あ……」

受け取りはあちらのカウンタで、と決まり文句を言いはぐった。

西条はもう立花の方を顧《かえり》みず、何ということもない顔で受け取りカウンタの前に佇んでいる。

立花はひっそりと、ベストの上から心臓の辺りを押さえた。

皮膚とシャツとベストを突き破って飛び出すんじゃないかと怖ろしくなるほど、心臓が鳴っている。

(いい人、だな)

男になんか告白されて、気味悪がったり――少なくとも目に見えて不愉快さを現すこともなく、普通に話しかけてくれた。

優しくて、いい人だ。

(……あの人を、好きになってよかった)

一週間以上、告白してしまったことを悔やみ続けていたが、その後悔も薄くなる。

嬉しいし安堵したし、それ以上に、西条への思慕が募ってしまったのには、困惑せざるを得なかったが。

残りの三週間を、どうやら覚悟していたよりはマシな気分で過ごせそうだと、立花は胸を撫《な》で下ろした。

◇◇◇

いつも通りの日常を、と決心した立花の思いは、同じ日にもう一度、今度は盛大に裏切られた。

閉店作業をすべて一人で終え、一人で店を出たのはいつもどおり。

いつもと違ったのは、正面出入口のシャッターを下ろし、電子錠でロックをすませて振り返った時、そこに西条の姿があったことだ。

閉店後も、駅前なので他の店や、駅の明かりや、外灯のおかげで周辺は随分明るい。

だから立花が彼の姿を見間違うはずはない。

「あ、やっぱり、君」

店から数メートル離れた場所、まるで『ついうっかり』告白したあの日と同じような場所に立っていた西条は、すでに立花の姿に気づいていたらしい。

まるで友人相手のように、気さくな様子で歩み寄ってくるスーツ姿の西条を見て、立花はたじろぎ、後退《あとず》さらないようにするので精一杯だった。

「似た後ろ姿だなあと思ったんだよ。今上がり？」

「……はあ……」

好きな人に一日に二度も会えて、しかもまた相手から声をかけてもらっても、立花はただただうろたえるばかりだった。

嬉しいよりも、戸惑いの方が先に立つ。

こんな展開は、夢にだって見たことがなかった。

「俺もちょうど帰り道なんだ。電車？」

西条が、私鉄駅の方を指差す。

立花は強張った顔で、ぎこちなく、頷いた。

「そうです……あの、でも別に」

「——ストーカーじゃない、な？」

立花の試みた弁解を、西条は先回りして奪ってしまった。

立花が驚いて見上げると、西条はどこか笑いを噛み殺すような表情をしている。

「強いてどっちかがって言うなら、君のいる店に毎日通ってる上、今声かけた俺の方だろ」

「え、いや」

西条がストーカーなど、あり得ない。

自分に対してそんなことをする必要がないという以上に、格好よくて、優しい西条が、誰かを追いかけたりする姿なんて、立花にはちっとも想像がつかない。

戸惑う立花のそばで、西条は特に動く気配を見せなかった。

しばらく考えてから、立花は彼が自分の動きを待っているのだとやっと察して、混乱しながらも駅に向けて歩き出した。

　西条があたりまえのような態度で、立花の隣に並ぶ。

「どっち方面？」

「下りの……」

「へえ、同じか。俺もこの時間に仕事終わること結構あるけど、気づかないもんだ」

　そう言って西条は笑うが、立花の方は、自分と相手が同じ路線の同じ方面の電車を使うことをすでに把握していた。実は同じ電車に乗り合わせたこともある。そういう時は、自分の存在に気づかれるのが嫌で、隣の車輌になるようホームで移動した。

（これじゃ本当にただのストーカーだ）

　そう思われたくないから、立花は口を噤《つぐ》んだ。

「そういや私服、初めて見たな」

　私鉄駅の構内に入りながら、黙り込む立花の横で西条が言う。

　店舗以外の場所、支社などに出勤する時は立花もスーツを着ているが、フルタイムで接客をする日は、シャツにジーンズという気軽な格好だ。

「いつも制服だろ。少し新鮮だな……っていうか、若く見えるなあ。立花君、大学生？」

　たちばなくん、と名前を呼ばれて、昼間に引き続き心臓が飛び出しそうになる。

店員の名前はネームプレートでわかるし、レシートに担当者の名前が出る。相手がそれを知っていても何の不思議もないし、特別な意味もない。

数秒でそう何度も自分に言い聞かせて、立花はやっと口を開くことができた。

「いえ、学生では」

「ああ、じゃあフリーター？」

声を出そうとするたびに、それが喉《のど》に詰まって、みっともない音になりそうなのが怖い。

立花は唇を引き結んで頷いた。フリーターではなく正社員だが、咄嗟に誤魔化してしまう。

(どうして、いろいろ、聞くんだろう？)

わからなくて、立花の頭と胸がひどく掻《か》き乱される。

「ああそうだ、俺の名前、言ってなかったよな」

挙句西条は、胸ポケットから名刺入れを取り出して、ひょいと一枚名刺を差し出してきた。

立花は反射的にそれを受け取る。店の近くにあるヘルスケア関連の機器を扱う企業の名前と、見慣れない感じの部署名と、肩書き。

その下に、西条守という名前。

会社も名前ももう知ってます、ということも、立花は呑み込んでおいた。立花が今の店で勤め始めた最初の頃、西条がギフト用のコーヒーセットを購入してくれたことがある。その時にレジにいた立花は、領収書を頼まれたのだ。今と同じ名刺を差し出され、この社名でお願いしますと。

それを、多分西条は忘れているのだろう。立花の方は名刺の字面ごと覚えていた。印刷された相手の名前に見とれている間に、西条はさっさと名刺入れをポケットに戻してしまった。フリーターであるはずの立花は名刺を持っていないと判断したのだろう、交換する意図はないらしい。

「西条守です。簡単な名前だろ？」

「あの、いえ、いい名前だな、と」

我ながらおもしろ味のない受け答えだと、立花は内心頭を抱えたくなってくる。西条は立花の拙《つたな》い讃辞《さんじ》に対して、お礼のように小さく笑った。褒められ慣れている人の反応だ。そしてその後、西条が言葉を続ける様子はない。

これは多分、こちらの出方を待っているのだと、立花はハッとする。人づき合いの基本だ。ひとつ質問があれば、ひとつ答える。何か情報を提示した相手には、同じ容量の情報を返す。

とにかく何かしらレスポンスをしなくてはならない、というプレッシャーが立花の全身を覆う。

「西条さん……は、何の仕事を、なさってらっしゃるんですか」

訊ねてから、立花はその質問の愚かさに血の気が引いた。たった今、社名と肩書きの入った名刺をもらったばかりだというのに。

だが西条は呆れた様子もなく、愛想のいい笑みを浮かべたままだ。

「うちは企業を相手に血圧だの体重だの体脂肪だのが計れる機械をレンタルしてる部署なんだけど、そのデータを調査して、より健康に過ごすためにはどのように生活を改善すればいいかの情報をまとめたり、新たに売りつける機器やシステムを見繕って資料をつくったりっていうのが、俺の課のお仕事」

自分の仕事について、西条は懇切丁寧に説明してくれた。おそらく同じ質問を受け慣れているのだろう。

肩書きは課長だった。この若さで管理職なら、多分出世頭に違いない。

「西条さん……は、今、おいくつですか」

そういえば実際は何歳なのだろうかと思って訊ねてから、立花は『そんな個人情報を気軽に聞いていていいのか』と思い至り、またハッとした。

「答えたくなければ、別に、答えなくても——」

「いちいち怯《おび》えなくていいって」

慌てて付け足すと、西条にはレジ前の時と同様、苦笑いされてしまった。

「教えるのが嫌なら、名刺なんか渡さないんだから」

そう言われて、立花の困惑はさらに増すばかりだった。

「……すみません、あんまりそういうの、自分から人に聞いたこともなくて、距離感がわからない、というか」

夜十時をとっくに過ぎて、駅の構内を行き交う人はまばらだ。元々それほど大きな駅ではない。学校とオフィス街があるだけで、歓楽街のような街区はないため、改札とホームのある地下に下る間は淋《さび》しい感じがするくらいだった。

そこを西条と並んで歩くという状況に、立花は未だ現実味を感じられていない。

「二十七だよ」

西条はやはり呆れたり、失望したりする様子もなく、立花の質問に答えてくれた。

こういう場合は自分も年齢を告げるべきか、しかし相手はそれを知りたいと思うほどこちらに興味を持っているのか、教えられても反応に困るんじゃないか、と立花がぐるぐる悩んでいるうちに、西条が言葉を続けた。

「接客業の割に、人づき合いが苦手？」

西条の問いかけは遠慮がない。

常連客に人づき合いの拙さを気づかれるカフェ店員というのは大問題だろうと恥じ入りつつ、立花は小さく頷いた。

「向いてないのは、自分でもわかってるんですけど」

「まあ確かにあんまり愛想はないけど、でも親切だし、向いてないってことはないと思うな」

「えっ」

驚きすぎて、立花は下っていた階段を一段踏み外しそうになった。

「親切？　俺がですか？」

「親切だろ、コーヒーの味だの軽食の中身だの、聞けばちゃんと教えてくれるし」

「それは、マニュアル通りに、どのスタッフもやってることで」

「クマの柄が変わるの教えてくれたし、いろいろグッズくれたし」

「――」

来た、と立花は身構えた。

なぜ西条が自分に声をかけたかなんて、その意図はともかく、原因はわかりきっているのだ。

立花の方から西条にアプローチなどしなければ、西条がただのカフェ店員に店以外の場所で話しかける理由はない。

それを望まなかったにしろ、切っ掛けを作ってしまったのは立花だ。

（やっぱり、迷惑だって牽制《けんせい》するつもりか、それとも男を好きになる男なんかバカバカしくておもしろいから、からかってやろうとか）

暗い想像ばかりしている立花の顔を見て、西条が笑いを嚙み殺す仕種になる。

「そんな、見るからに心配しなくても。店でも言ったけど、脅したり、いじめに来たわけじゃないからな？　偶然帰り道で姿を見かけて、もう顔見知りだし、お互い就業時間内ってわけでもなければ無視するのも不自然だなと思ったから、声をかけてみただけで」

「……」

そうか、他意はないのかと、立花は少しほっとした。

自分のような人づき合い下手な人間と違って、西条は社交的な人間なのだろう。知り合いを見れば挨拶を交わすのは、多分自然な行為だ。

考えてみれば、食事だのに誘われたわけでもなく、単に行き先が同じだから同じ道を歩いているというだけで、深い意味などないのだ。

相手の意図を勘ぐる方が馬鹿だったと安堵の息を吐く立花の胸を、だが西条は再びひやっとさせるようなことを口にした。

「告白されるの、久しぶりなんだよ」

——告白、とはっきり言った。

確かに立花が行ったのは、恋の告白以外の何ものでもない。

しかし西条がためらいもなくそう言うことに、立花はまだ肌寒い春の夜更けに、冷や汗を掻く心地になる。

(久しぶり、か)

そしてらいもない調子の言い回しに、感心もした。

西条はきっとこれまで何度も誰かから想いを告げられたことがあるのだろう。

ないはずもない。そばにいてこの人を好きにならない理由を、立花は思いつけなかった。

「今の会社、忙しくて、そういう雰囲気になるの意図的に避けてたっていうか。残業多くてしんどいけど、やりがいある仕事させてもらってるからさ。そういう時の色恋沙汰って、ほら、面倒だし。時間勿体《もったい》ないし」

「……」

「だから不意打ち喰らって、びっくりした」

どう相槌を打ったものか、立花には決めかねた。面倒だし、時間の無駄。そうはっきり言われて、何と答えればいいのか。

「どうして俺？」

素朴な疑問を口にする、という風情で西条に問われて、立花は立花で不審な心地になる。

「『どうして』？」

どうやったら好きにならずにいられたのかと、逆に問い返したくなるのを、立花は堪《こら》えた。訊かれても西条は困るだけだろう。

ちょうど目の前に改札が現れたので、別々の自動改札機を通るために、一旦二人の距離が離れる。

すぐにまた、西条から近づいてきて、立花の隣に並んだ。

「いや俺も、男の子から告白されるとか初めてだから、正直どうしたもんかと」

「……すみません」

立花は西条を困らせたいわけでは断じてない。

「謝って欲しいわけではないんだけどな」

西条の方は、そう主張する。

謝る以外に一体どうしたらいいのかと途方に暮れる立花の隣で、西条も口を噤んでしまった。

無言でホームに向かい、乗り口の印がつけられたところに並ぶ。終電間際は到着する電車も少なく、次が来るまでに十分近くあった。

沈黙が重い。立花がそれを重荷に感じるのは、西条がまた自分の反応を待っているのがわかるせいだ。

(でも、うまくまとまらない)

なぜ西条を好きになったのか。

本人から聞かれて、さらさらと簡単に答えられるくらいなら、自他共に認める社交下手な人生など送らずにすんだ。

「あー、何か、ごめんな」

困り果てて呆然《ぼうぜん》と立ち尽くす立花の隣で、西条が言った。お互い意味もなく眼下のレールや道床を眺めながら。

「え?」

なぜ相手が謝るのか、立花には見当もつかない。

「告白されるのが久しぶりっていう以上に、可愛い男の子に好かれるって状況が初めてだし、慣れなくて、態度を決めかねるというか」

「え……ッ」

可愛いと、今、言われた。

そのことに、立花はぎょっとなった。

「俺、同性には嫌われるタイプだから」

しかし西条は、立花の驚きの理由を、別の部分に見出したらしい。

「そういう気は、遣わなくて、いいんで」

喘《あえ》ぐように、立花はようやくそう言った。

西条が首を傾《かし》げる気配。

「気を遣うって？」

「だ、だから、……かわ……いい、とか……」

死にたい気分になりながら、立花は声を絞《しぼ》り出した。

言う途中で、もしかしたら単なる社交辞令だったかもしれないのに、過剰に反応してみっともないのではと思い至ったら、ますます死にたくなった。

「えっ」

すると今度は、西条の方も驚いた声を漏らした。

驚かれた理由もわからず、立花はぎこちなくそれを見返す。

西条も、心から怪訝な表情をする立花をしばらくまじまじ眺めたあと、一人で納得したふうに「なるほど」と小声で呟いた。

「自覚がないのか」

西条からじっと見られることが、立花には苦痛だった。人に凝視されるのは昔から不得手だ。

ましてや好きな人にみつめられるのがこんなにも息苦しく、胸が詰まることだなんて、立花は生まれて初めて思い知らされた。

「仕事してる姿……はじめは」

西条から顔を逸らし、消え入りそうな声で、立花はどうにか声を絞り出す。このまま眺め続けられては、死ぬ気がなくても死んでしまう。状況を少しでも変えたいから、西条の問いに、やっと答えることにした。

『どうして俺を好きになったのか？』という質問。

「格好いいな、って」

最近はすっかりテイクアウトばかりになっているが、西条も五ヵ月くらい前までは、たまにイートインで軽食を取ることがあった。

モバイルパソコンを持ち込んで、食事のあとにコーヒーを飲みながらキーを叩く姿は、大人の男性という雰囲気で、何というか、絵になっていた。

「店に来るサラリーマンの人とか、毎日たくさんいたけど、西条さんだけが目に留まって」

自分をじっと眺める視線がさらに強くなった気がして、立花は喋《しゃべ》ることを一旦止めたが、西条は相槌も打たずに続く言葉を待っている感じがする。

無言の圧力のようなものに負けて、立花は仕方なく言を継いだ。

「どうしてかは、自分でもわからないんです。最初は、ただ格好いい人だなと思って……何度目か来店した時に、ごちそうさまって。いつもどおり、カップを片づけようとしてるところに『そのままでどうぞ』って言ったら、『ありがとう、ごちそうさま』って、笑ったんです。西条さん」

「え、普通じゃない、それくらい」

意外そうな調子で答えられたのには、立花も微かに笑いたい心地になった。

「お客さんの中には、横柄な人も多くて。まあ、言ってくれる人とか、声かけてくれる人って確かにたまにはいますけど。俺はこんなふうだから、叱《しか》られることも珍しくないので」

特に立花は自分でもわかるくらい愛想がないし、どれだけ必死に笑おうとしても、客からは苦情を受けたり、面と向かって罵倒される経験も、情けないことに少なくはない。

「ああ、嫌だよな、外食の時に無駄に威張ってる中年親父の客とか。下品で」

妙に実感の籠《こ》もった相槌が返ってきたから、もしかしたら西条も飲食店でのアルバイト経験などがあるのかもしれない。

「でもその時の西条さんの声の感じとか、言い方とか、笑い方とか、あのすみません、気持ち悪いですよね、こんな」

聞かれたことに答えようと必死になってみたが、言葉を重ねれば重ねるほど、立花は不安になった。

同じ男相手に好きだと言われて、西条が不愉快になるのではないかと。

だが西条は笑ってくれた。

「照れるし、こそばゆいけど、褒められたら嬉しいよ」

「……」

それが自分の気持ちを受け入れてくれるものではないとわかっていても、立花にも、西条の返答が嬉しかった。

やっぱりいい人だ、と改めて思う。

「立花君は男が好きな人なのか？」

「……」

が、また遠慮のない質問を向けられて、立花は喜び以外の理由で言葉を詰まらせた。

「……まあ……そういうことに、なるんだと、思いますけど」

昔から、女の子にはまったく興味が湧かなかった。

いいな、と気になる相手はいつも同性ばかりだ。

だけどいつもほのかな憧ればかりで、西条くらいはっきり『好き』だと思った人はいなかったから、『男が好きな人』と問われると少し返答に困る感じ。

というようなことを説明するべきか迷って、立花はやめておいた。

二十三歳にもなって、まともに恋をしたことがなかっただの、恋人がいなかっただのと打ち明けるのは恥ずかしい。

しかも相手は好きになった人だし、相手に不自由してなさそうな人だ。

それなら、恋くらい何度かしたことがあるふりをした方が、気分的にましだと思う。

要するに見栄を張った。

「ふーん」

自分から訊ねた割に、西条の相槌は、興味があるのかないのかよくわからない調子だ。

そこで電車がホームに近づいてきたので、立花も西条もまた黙り込む。ドアを開いた車内に、二人で乗り込んだ。

乗客の姿はまばらで、西条は開いている座席にさっさと腰を下ろしていた。

座ってから、硬直している立花を見て怪訝な表情になり、自分の隣をぽんぽん叩く。

「座ったら?」

断る理由もない。立花はなるべく自然に見えるよう心懸けながら、西条と肩を並べて座席に座った。

立花が乗り換えのために先に下りるまで、五駅。レール音以外には静かな車内で、男同士の色恋話をするものでもないと思ったのだろう、西条はごく平凡な質問だけを立花に重ねてきた。

どこに住んでいるのかとか、昼はやっぱりベアダックカフェで食べているのかとか、好きなコーヒーは何かとか。

同じ質問を西条に返すことで、立花も彼の情報をいくらか手に入れられた。

住んでいるのは七駅向こう、駅近のマンション。昼は定食屋か蕎麦屋か牛丼屋をローテーションで。コーヒーに拘《こだわ》りがないし、いろいろ飲みたいから毎日『本日のコーヒー』を注文しているということ。

甘いコーヒーがそれほど好きではないから、カードのポイントを使う時もあえて本日のコーヒーを飲んでいるのだと教えてもらった頃、立花の下車駅に電車が停まった。

「それじゃあ……ここなので」

「ああ、お疲れ様。気をつけてな」

まるで長年の知り合いに向けるような懐っこい笑みを向ける西条に、立花は頭を下げて、電車を降りた。

そこから先は、どうやって家まで辿り着いたのか、記憶が途切れる。

ふわふわと綿菓子の上でも歩いているような気分で、多分いつもどおり電車を乗り換え、さらに二十分ほど揺られ、降り、ホームを出て改札を抜け、徒歩七分かけてマンションに戻る。単身者用の１ＤＫ。五階建ての三階、東の一番端の部屋。鍵を開けてドアを開き、玄関に入ると、すぐにダイニングキッチン。

そこを横切って奥の部屋に入り、壁際に置かれたベッドの前にぺたりと座り込んだところで、立花はようやく我に返る。

正しくは、ベッドの横に置かれた巨大な黒いクマの前に正座したところで、だ。

「気をつけてな、だってさ」

まるでそれが生きて、人の言葉を解するものであるかのように、呼び掛ける。

立たせれば一メートルはあろうかというサイズのぬいぐるみ。ベアダックカフェのマスコット。数年前のキャンペーン中に、全国に散らばる店舗の入口に飾られていたものの予備。手に入れたのは、就職する前のことだ。

「俺のこと、立花君、だって……」

ウレタンフォームのたっぷり詰まった体を、両手で抱き締める。ふかふかの頭に、自分の頭を押しつけた。

部屋の一画は、大きな飾り棚が占めている。ガラス戸の中に並べられているのは、ベアダックのマークが入ったマグカップとか、グラスとか、ストラップとか、ポストカードとか、ペンとか、ミニサイズのぬいぐるみとか——とにかく勤務先のマスコットキャラクターを使って作られたグッズの数々。

西条から返された紙袋は、まだそのまま飾り棚のそばに置いてある。立花選りすぐりの、お気に入りを集めたものだったが、袋から出して棚に並べ直したり、保管用の段ボールにしまい直す気が起きずにいた。

「こういう奇蹟《きせき》もあるんだ」

世界中で一番落ち着く部屋の中、立花は熱っぽい口調でクマに呟く。

いい歳をした男がクマの巨大ぬいぐるみを部屋に飾り、あまつさえ抱きつきながら語りかけるのが不気味だろうということは、この空間の中で意図的に無視される。

「一生に一度のことだから、大事な思い出にしよう」

これまでも、辛いことや悲しいこと、嬉しいことはこのベアダックに報告してきた。

と言ってもあまり感情の振れ幅が大きい方ではなかったので、巨大ベアを手に入れてからの三年ほどで、数えるほどしかない状況だったが。

祖母が亡くなった時と、引っ越し業者がベアのカップを割った時と、就職が決まった時と、この間ついうっかりと西条に告白して、押しつけたベアグッズを突っ返された時くらい。

だから今日で五回目。

「きっとおまえの御利益だな」

別にぬいぐるみに魂が宿るとか、ぬいぐるみが魔法を使えるとか、本気で信じているわけではない。

ただ今は、そう言いたくなるくらい、立花はとにかく浮かれていた。

3

「今日のおすすめは？」

訊ねると、カウンタの向こうの立花に少し変な顔をされた。

「ですから、本日のコーヒーはイタリアンローストで……」

「いや、立花君のおすすめ」

いつもどおりの夕方六時過ぎ、今日も立花はレジに入っていた。

西条を見ても、昨日の動揺が嘘か幻かのような安定したローテンションで、「いらっしゃいませ、本日のおすすめコーヒーはイタリアンローストとなっております」とセールストークを始めた。

しかし西条が名指しで訊ねると、一瞬ぐっと喉を詰まらせるような仕種をしたあと、もともと伏せがちだった顔を、完全に伏せてしまった。

「……たまには、カプチーノとか、いかがですか」

立花の、男にしては繊細《せんさい》な指が、メニューをさす。

「カプチーノか。あ、あとカスタマイズっていうの、やったことないんだけど、何かいいのある？」

「なら、香り付けにシナモンパウダーくらいなら、甘くはなりませんし」

昨日電車で並んで座った時、西条が甘いコーヒーが苦手だと言ったのを、立花は覚えていたらしい。

「じゃあそれと、シーフードサンド」

かしこまりました、と立花が少しだけ硬い声で応える。

注文と会計を終えて、西条はレジ前から受け取りカウンタに移動した。

ちらりとレジの方を見遣ると、立花はまた淡々という表現が相応しい態度で次の客の応対を始めている。

(よくわかんねえなあ)

好きな男に声をかけられて浮かれる、という感じでもない。

昨日帰り道で話した時は、随分と取り乱していたふうだったから、今日も顔を合わせたら何かしら反応があるのではと想像していたのだが。

特になかった。

(せめて笑うとか)

微かに落胆している自分に気づいて、西条は一人でひっそりと苦笑した。

少し妙なことを考えた気がする。

（男の笑顔を期待する、ってなぁ）

しかし西条にとって、立花の内心は読みがたく、不可解だった。

そのせいで、昨日も自分から立花に声をかけてしまった。

あんな大量のブサイククマグッズを押しつけた挙句、『好きだ』と男である自分に告白してきた男が、次に顔を合わせた時にはまったく何ごともなかったかのような様子だったことに戸惑っていた。

戸惑ったというか、少し苛立《いらだ》っていたのだと思う。

告白されて、驚いた自分にも腹が立っていた。暇だった学生時代ならともかく、多忙で、仕事が楽しい今、色恋沙汰に無為な時間を割きたくないから、誰かとそういう雰囲気にならないよう注意してきたというのに——こう言っては何だが、ああも色恋沙汰から縁遠そうな相手に言い寄られた自分の迂闊《うかつ》さを、自分で罵った。

毎日通う店だし、頻繁に顔を合わせる相手と気まずい関係になるのは面倒だと思い、最終的に西条が出した結論は『何ごともなかったことにしよう』だった。

油断したせいで告白を受けてはしまったが、秋波を受け流すことに関しては慣れているつもりだ。

今後何を言われても、どう誘いを受けても、その空気を叩き潰してしまえばいい。

そう決心して、立花の『告白』のあとに幾許《いくばく》かの緊張感を孕《はら》んでカフェを訪れた西条を出迎えたのは、立花の方からの完全無視だった。

わざとらしい無視ではない。ただただ、日頃とまったく変わらない態度。

そもそも立花は、西条が来店したからといって、いそいそと近寄ってくるような店員ではなかった。

だからこそ西条は、彼が自分に好意を寄せているだなんて、まったく気づきもしなかったのだ。

——もしかして、からかわれたのか？

そう思い至って、西条は苛ついた。だったら驚いた自分が馬鹿みたいだ。

——でも立花は、そういうふうに人を騙《だま》しておもしろがるようなタイプにも見えない。騙したなら騙したで、オチが必要だろう。一体何のつもりで告白などしたのか、いっそそれがくだらない悪戯であったとしても、はっきりさせたい。

だから昨日も、レジにいた立花に、自分から声をかけた。

できるだけさり気ないふうに。立花の行動に対して、欠片の動揺もないのだという態度で。

が、立花の指が震えていたのに気づいた瞬間、西条は理解した。

立花の告白は本物だ。

いつもと変わらぬ無愛想な様子とは裏腹に、内心では西条に声をかけられたことに狼狽して、恥ずかしがって、困り果てているのだ。

そうわかった時、西条はなぜか笑い出したい気分になった。

立花や自分を滑稽《こっけい》だと思ったわけではない。

ただ、やけに楽しくて、胸が躍《おど》るような、そんな感触を味わったのだ。

（可愛いなあ）

同時に、そんな感想も抱いた。あの『立花君』が、自分の前でわずかに目許を紅潮させて、指を震わせて、言葉を詰まらせている姿が、妙にグッときた。

だからそれをもう少し眺めていたかったが、いかんせんお互い仕事中だ。西条は休憩中とはいえ、すぐに社へ戻らなくてはならない。

残業をすませ、帰り道でベアダックカフェを通りがかった時、自然と『あの子がいないかな』と気にしていた。いつもはまったく気にも留めていなかったが、西条の帰宅時間と、カフェの終業時間は大体似たようなものだったらしい。ちょうどいいタイミングで、制服から私服に着替えた立花が店の建物から出てくるのが見えた。

そうして西条は彼に声をかけ、並んで駅に向かい、同じ電車で帰った。

想像どおり立花は到底話し上手とは言い難く、それでも必死に言葉を紡ごうとしている様子は、いじらしくて、西条の目にはやはり可愛く映った。

多分、これが男であろうと女であろうと、物慣れた風情で個人情報に探りを入れられたり、『次に個人的に会う機会を』と約束を取りつけようとされたのなら、そこで自分の興味は途切れただろうなと西条はわかっていた。

脳の容量がパンクしそうな雰囲気の立花が、しどろもどろに自分と話そうとしている姿がおもしろくて——今日もまた、声をかけてしまったのだと思う。

（レジ前でちょっと話すだけ、っていうのは、つまらないもんだな）

注文した品物が出てくるまでの間、西条は立花を眺め続ける。

手際のいいバリスタがすぐに品物を用意してくれたので、その時間はごくごく短い。

帰り際、レジの前を通りがかる時もちらりと見遣ったら、立花と目が合った。

どうも立花は自分のことを目で追っていたらしい。

そう気づいて、西条の気分はよくなった。

品物の入った紙袋を持ち上げて指差し、唇だけで声はなく「ありがとう」と告げてみる。

立花は小さく眉根を寄せて、困っているのか恥ずかしいのか測りがたい表情で、ただぺこりと西条に向けて頭を下げた。

笑った顔は見られなかったが、その立花の表情はやはりとても可愛く見えたので、西条は満足して店を出て行った。

◇◇◇

「ごきげんですねえ、西条さん」

今日もいつもどおりの時間にカフェに足を向け、持ち帰ったコーヒーを啜《すす》っていると、同じく間食を食べている途中の松嶋に横から声をかけられた。

立花と帰りが一緒になってから、ちょうど一週間。その間も勿論、西条は平日の夕方は欠かさずベアダックカフェを訪れた。

そして立花がカウンタ内にいる時、あるいはフロアにいて擦れ違う時は、一言なりとも声をかけるようにした。

最初はそのたび微かに体と表情と声を硬くしていた相手が、数回繰り返すうちに、少しずつその緊張感を解いていく様子になるのがおもしろかったし、心地よかった。

「今日も残業決定だっていうのに、どうしてそんなに元気なんですか」

「他のヤツに懐かない猫が自分にだけ懐くのって、気分いいよな」

いろいろな説明を省いて答えた西条の言葉は随分思わせぶりだったはずなのに、松嶋はなぜかひどく納得したふうに何度も頷いている。

「あー、西条さんって、そういう感じですよね」

「そういうって？」

「……むっつりスケベ？」

どんな言い種だ、と思ったが、確かに『ご機嫌』だった西条は寛容な心で松嶋を許した。

「そういえば前に言ってたあれ、どうしたんですか。ベア押しつけられたって言ってた店員」

ふと思い出したように、松嶋が訊ねてくる。あの翌日もまたしつこくグッズのことを聞かれたので、「もう返した」とは答えておいた。

ちなみにあの日買ったベアダックのマスコットはぬかりなく女子社員たちに渡して、一応『西条が松嶋狙いなのではないか』という疑惑は収まっている。

「そもそもどうしてその人、西条さんにベアをあげたりしたんです？　可愛いマスコットとか、はるかに縁遠そうな人なのに」

訊ねながら、松嶋が少し西条の方へと身を乗り出してくる。

「——やっぱり告られたんですか？」

好奇心に満ちた瞳で訊ねてくる松嶋に、西条は食べかけのサンドイッチをゆっくり噛んで、呑み込んでから、口を開いた。

「いい歳した大人が『告る』なんて言葉を使うもんじゃないよ」

「あっ、やっぱりそうなんだあ」

上司の苦言にまったくめげず、松嶋は妙に嬉しそうに声を上げた。女というのは、いついかなる時も恋の話に喰いつきがよすぎだ。

「どんな子ですか？　可愛い？　若い？　っていうか西条さんずっと彼女いないって本当ですか？」

「何なの松嶋。俺に気があるの」

「ごめんなさい、ないです。だって行きつけのカフェの店員に恋されて告白されるなんて、ちょっと素敵じゃないですか。つき合っちゃえばおもしろいなあと思って」

素敵、と言われて悪い気はしないものの、女性の恋に関する噂話に巻き込まれるのは面倒だ。

西条はあの日クマグッズをもらったことを松嶋に話したことを悔やみながら、適当に誤魔化すことにした。

「期待に添えなくて申し訳ないけど、相手、男だから」

なーんだ女の子じゃないなら恋も告白もないか——と、松嶋がガッカリして引き下がってくれることを、西条は予想したのだが。

「男の子に告白されたんですか⁉」

なぜかさらに、喰いつかれた。

「そ、それで、つき合うんですか？」

「相手が男なら、恋愛沙汰に発展しようもないだろ？」

男同士で『つき合う』などという発想になるのが、西条にとっては不可解だ。

だからそう答えたら、なぜか呆れた目で見られてしまった。

「やだ西条さん、頭固い。今どき恋愛に性別なんて関係ないじゃないですか。男の子が男の子を好きになるのだって、よくあることですよ」

「どこの世界でよくあるんだよ、そんなことが」

「私の彼の友達の彼女の知り合いに、男の子同士で暮らしてる人がいるって」

「都市伝説レベルじゃないか、それ」

「テレビとか漫画でも見るし、雑誌でも読むし」

「はいはい」

「え⁉」

面倒なので西条は相手を適当にあしらい、あとはもう無視してサンドイッチを食べることにしたが——内心では、言われたことが変に引っかかっていた。

（つき合うって、俺と、あの子が？）

無愛想な、でも自分が話しかければ少しだけ緊張した面持ちになる立花の姿を、西条は脳裡《のうり》に思い浮かべた。

（ありえないだろ？）

立花にカフェのノベルティを渡された時は、困惑したし、ただ面倒で迷惑だと思った。告白された時は、予想外の展開すぎて、ただただ面喰らった。

改めて話してみれば、立花はどうも今どきの若者にしては純粋というか晩稲《おくて》な感じなのが新鮮で、おもしろくなって、今日も声をかけてしまった。

（……あれ、もしかして俺、ひどいことしてるのか？）

そうだ、相手は自分に好きだと打ち明けてきた相手だ、と急激に意識する。

社会人になってからは恋愛沙汰が面倒で避け続けてきたが、立花から告白されたのは別に嫌じゃなかった。

なぜ嫌じゃなかったのかについて、西条は今さらになって気づいた。

——立花が男だったからだ。

男に抵抗がないから平気だったわけじゃない。

男がまったく恋愛対象ではなかったから、いいも嫌もなかっただけだ。

(気のない相手に馴《な》れ馴《な》れしく話しかけるって、割と最悪だよな?)

これが女性相手なら、絶対にそんなことはしなかっただろう。相手のためにも、自分のためにも。

気を持たせて、好きでもない相手から女房面をされるなんて煩わしい。

だからそういう状況に陥らないように、上手く立ち回って、決して相手を必要以上に近づけずにいたと思う。

(でもあの子、女房面するタイプでもなさそうだしなあ)

男に『女房面』という表現が適用できるかは謎だが、立花が無闇に西条に近づこうとしていないのは確かだ。

人づき合いに不慣れだと本人も言っていた。

そういう相手に結果として思わせぶりなことをするのは、きっとよくない。

松嶋と話したおかげで、西条はやっとそれに思い至ることができた。

(まあ向こうも俺とどうこうなる気はなさそうだし、これまでどおり、行きつけの店の客と店員ってことでいこう)

手短に反省と今後の方針の決定をすませたところで食事を終え、西条は今日も今日とて長い残業に入ることにした。

◇◇◇

とはいえ今さら相手を無視するのも感じが悪いし、目が合えば会釈《えしゃく》くらいはするものだろう。

西条は翌日もまた夕方六時を過ぎて会社を出ると、ベアダックカフェに向かいつつ、思案した。

食事を買う店を変えることも視野に入れてはみたが、あのカフェは気に入っているし、通うのを止めれば立花が気に病みそうな気がしたし、何より習慣を変えるのが面倒だ。

（声はかけずに、サッと行ってサッと買って帰ろう）

改めてそう決めて、辿り着いたベアダックカフェに西条が入ろうとした時。

「で、どの子ですか？」

「うわっ」

横からいきなり声をかけられて、西条は驚いた。

いつの間にか松嶋がしれっとした顔で隣を歩いている。

「何だおまえ」

「コンビニ飽きちゃったし、私もたまにはここでおやつ買おうと思って」

松嶋は明らかに、『西条に告白した相手』を見ようと目論《もくろ》んでいた。西条は渋い顔を作る。

「悪趣味だぞ」

「いいじゃないですか、見るだけ見るだけ。こっちから話しかけたりは、絶対にしませんから」

「おまえなあ……」

呆れ返りつつ、西条はガラス越しに店内を見遣った。

(――あれ、いない)

ざっと見たところ、レジにもフロアにも立花の姿はなかった。今日は休みなのか、時間帯が変更になったのか。

「残念、今日は休みみたいだな」

「えー」

少しほっとしながら、西条は店に入った。不満そうな顔で松嶋がついてくる。店内はそこそこ混み合っていて、レジ前に並ぶ間に飽きたのか、松嶋は西条に千円札を押しつけて列を離れた。

「私食べ物だけでいいんで、西条さんと一緒のもの頼んでください。あ、タンブラー可愛いっ」

　ギフト用のコーヒーやベアダックグッズの並ぶ棚に走り寄る松嶋に、西条は大きく溜息をつく。あれで仕事のできる部下でなければ、札を丸めて後頭部に叩きつけてやるところだ。

　西条の番が来て、店員に注文を伝えている最中、タンブラーを手にした松嶋が駆け戻ってきた。「これも一緒にお願いします」とねじ込んでくる。もう好きにすればいいと、西条はその場では何も言わずにおいた。

「コーヒー飲めないのに、タンブラーだけ買ってどうするんだよ」

　受け取りカウンタ前で品物が出てくるのを待つ間、嬉しそうにカフェの紙袋を眺める松嶋に、暇潰しで話しかける。

「紅茶は飲めますもん。給湯室でお湯もらって、今日から使おうっと」

　出てきた飲み物と食べ物を受け取り、西条は上機嫌な松嶋と並んで店を出た。

（結局今日は、会えなかったたな）

ここのところ土日を除けば毎日顔を合わせていたので、立花の姿が見えなかったことが、西条にはどことなく物足りない。

そういう自分に気づいて、少しだけ驚いた。

(邪魔なのがくっついてるし、いないのはむしろよかったんだけど)

そう考えながら、テラス席の脇を通りがかった時。

「——ありがとうございました」

聞き覚えのある、テンションの低い声に言われて、西条はぎょっとなった。

慌てて振り返ると、テラス席の向こう、カフェの建物の陰から、柄の長い箒《ほうき》とちりとりを手にした立花が歩いてくるところだった。

「あ……ああ、何だ、今日休みかと思った」

もう話しかけず、目顔で挨拶する程度にしようと決めていたはずなのに、西条の口からは考える前に立花への言葉が飛び出していた。

店に入る前には姿がなかったが、どうやら店の周囲の掃除をしていたらしい。

西条は気づかなかったものの、立花の方は西条に——西条と松嶋が来店したことに、気づいていたかもしれない。何しろ店の壁は三方がガラスだ。外からでも中がよく見える。

松嶋は雰囲気で立花が例の相手だと気づいたのだろう、西条の隣で明らかに好奇心に満ちた様子になって、そわそわしている。

目を伏せた立花の視線は、西条ではなく、松嶋の方を向いていた。

正確には、彼女の右手に握られた携帯電話だ。

その携帯電話に、紺色のベアダックがぶら下がっていることに西条も気づいて、何だか血の気が引いた。

立花は松嶋の携帯電話からも目を逸らし、無言のまま二人に向けて頭を下げると、テラス席の辺りを箒で掃く作業を始めた。

「――松嶋、先戻っといて」

西条は強引に松嶋にコーヒーと軽食の入った紙袋を押しつけた。松嶋が約束どおり余計な口出しなどせず、大人しく立ち去ってくれたのがありがたい。

彼女がいなくなってから、できるだけさり気なく、西条は立花の方へ歩み寄る。

「今の、会社の後輩なんだけど」

立花は何も答えなかった。西条が話しかける相手が自分であることに気づいていない、という素振りだった。

気づいていないわけはないだろうと心の中で断定しつつ、西条は話を続ける。

「ほら、前に話しただろ。彼女がここのクマ、好きで。前にマスコット買ったのも、残業がもう嫌だって暴れるのを宥めるために」

まるで彼女が猛獣か何かのような言い種《ぐさ》になってしまったが、この際許せ、とやはり心の中で松嶋に謝った。

「あんまり残業続きで、デートが、ああ彼女、学生時代からつき合ってるっていう彼氏がいて、デートが駄目になってばっかりだからその彼氏に振られたらどうすると俺が八つ当たられてて」

しかしどうして俺はこんなに必死になって言葉を連ねているのか、と西条は我ながら不審に思わないでもない。

だが俯きがちに、黙々と地面を箒で掃いている立花を見てたら、どうしても話しかけずにはいられなかったのだ。

(直接的に謝るのは、何か変だろ)

回りくどく言い訳がましいことを口にするのは見苦しいだろうが、万が一にも『立花を牽制するためにわざわざ女連れで店に来た』と思われる方が不本意だ。

「たまたま買い出しに行くタイミングが一緒になっただけで、連れ立って来たってわけじゃないんだけど」

松嶋の方は明らかに計画的な行動だったが、西条の知ったことではない。だからそう説明した辺りで、立花がやっと顔を上げた。

だが立花の視線は西条の方へは向かず、ガラス越しに店の中を見遣っているだけだ。

「ええと、話、聞いてる？」

「はあ……」

そして返ってくる相槌は、曖昧というか、気のない調子だった。

一応西条がそばにいることは認識しているようだが、どうも距離感が遠い。

まるで目の前でシャッターが閉まっているみたいだと、西条はもどかしい、じれったい気分になった。

（もしかして、全然気にしてなかったか？）

そう判断しかけてから、「いやいや」と、西条の中でそれを否定するものが出てくる。

松嶋を連れて現れたことをまったく気に留めていないのなら、いくら対人スキルの低い立花でも、返事くらいはするだろう。西条は一応客だ。たとえ無意味な世間話で呼び掛けてきたとしても、相手が客なら、店員として無視するのはあんまりだ。

だとしたら、立花は見た目や反応よりも、傷ついたり、落ち込んだりしているに違いない。

思わせぶりなことはしないように決めたとはいえ、進んで相手を悲しませようとする意図は、西条にはないつもりだった。

「すみません、中、混んできたので」

一度も西条を見ないまま、立花が小声で言って、従業員用の通用口へ向かおうと足を踏み出す。

西条は咄嗟に、本当に何を考えるよりも早く、気づけば相手の腕を摑んでいた。

「今日の帰り、よかったらメシでも食べに行かないか」

そう告げてから、俺は何を言っているんだとまた訝《いぶか》しい心地になる。

だがどうしても、このまま立花が去っていくのが嫌だと思ってしまったのだから、仕方がない。

そしてようやく西条に目を向けた立花の方も、これ以上はないというほど怪訝そうな顔をしていた。

「どうしてですか」

(あれっ?)

表情と動揺、疑わしそうな調子で訊ねられて、西条は肩透かしを喰らった気分になる。

何となく立花の性格上、手放しで喜ぶということはないだろうが、多少は恥じらったり、せめて動揺して困ったりするくらいの反応を予測していたのだが。

「どうしてって……嫌な気分にさせたお詫《わ》びに」

むしろ西条の方が動揺してしまったせいで、包み隠そうと思っていた部分を、つるりと口に出してしまった。

立花が、体ごと西条の方を向いて、じっと顔を見上げてきた。

真正面から見られると、やはりやけに目が大きく見えて、西条はわずかに怯んだ。

「お詫びされる筋合いはないです」

告げる立花の語調は強く、きっぱりしている。

断言されて、西条は自分でも思いのほか衝撃を受けた。

（ああ、この子は、気が弱いわけではないんだ）

滅多に目を合わせず、声の調子も低いから、気弱な青年という印象が拭《ぬぐ》い切れなかったが。

考えてみれば、人づき合いが下手というのは、我が強いことの裏返しでもあるのだと、西条はやっと気づく。気弱で流されやすい人ならば、逆に相手に合わせることが上手いだろう。

とにかく西条は、自分が世界中で一番自惚《うぬぼ》れ屋の、馬鹿男になった気がした。

西条が二の句を継げずにいると、立花がふと視線を逸らした。

「気を遣わないでください。俺みたいなのに好かれても気持ち悪いだけだっていうのはわかってるし、告白したのはただの自己満足で、見返りとかは期待してないので」

まるで沈黙している間に頭の中で何度も練習していたとでもいうように、立花は小さな声で早口に囁いた。西条の返答を待つまでもなく、今度こそその場から足早に立ち去ってしまう。

手の中から立花の細い腕がするりと抜け、西条はその手を挙げたまま、馬鹿みたいにその場に立ち尽くした。

――気を遣うなと言うのなら、やっぱり気にしていたんじゃないか？　とか。

――見返りを期待していないのに告白するとは一体何だ？　とか。

西条の脳裡を、様々な疑問がとめどなく渦巻くように駆け巡る。

「気持ち悪い？」

その言葉が、一番不可解だった。

「……どこが？」

そしてそう呟いた自分に、西条は一人首を捻った。

やっぱり期待なんてしなくてよかったんだと、立花は自分に向けてもう何度目か、繰り返した。

4

一日の仕事を終え、いつも浮ついているとは言いがたい方だが、いつもよりもさらに沈んだ気分で帰宅してから、真っ先にベッド脇のベアダックのところへ向かう。

床に座り込み、クマのふかふかの腹に、頭をめり込ませた。

「……」

期待しなくてよかった、と繰り返すほどに、自分がどこかで期待してしまっていたのだと思い知らされる。

恋が成就することなんてはなから諦めていたが、でもせめて、ただの顔見知り程度の関係として、挨拶くらいが交わせればそれでよかったのに。

（あの人にベアをあげたんだ）

今日の夜、西条と一緒に店に来た女性。可愛くて、明るくて、賢そうな人だった。西条ととても親しげに話していた。

西条は彼女に恋人がいると言っていた。だったら西条の片想いなのか。そうではなくて、本当にただの上司と部下なのか。

そういえば、西条に彼女がいるかとか、あるいは好きな人がいるとか、そういうのを立花は気にしたことがなかった。どちらにせよ自分は蚊帳の外に決まっているから、気にするだけ無駄だと割り切っていた。

割り切っていたはずなのに落ち込んでしまうのは、どういうつもりなのか、西条が自分に対して弁解をしてきたからだ。

(俺が落ち込むような要素がある、って言われたようなもんじゃないか)

言われたようなものではなく、実際言われたのだろう。

あの女の人と西条の関係性が何であるにしろ、西条は多分、自分に対する牽制のために彼女を店に連れてきたのだ。

それだけは間違いない。

そしてきっと、彼が考えていた以上に自分がショックを受けて、落ち込んでいるのを憐《あわ》れんで、慌てて話しかけてきたのだ。

(親切なんだか、残酷なんだか)

いっそあのまま知らんふりで、仲睦《なかむつ》まじくふたり並んで店を離れていく姿を見せつけてくれたのなら、そういうものだよなと諦めもついたのに。

落ち込みはしただろうが、少なくとも、今ほど疲れる気分になることもなかったはずだ。

「……どうせあと半月経てば、あの店には出なくなるんだ、その間辛いのを我慢すればいいだけだよな」

手探りで、ベアの背中に手を回す。

「好きだって言えたのはよかったんだ。俺の人生にしては画期的だ。悔やまないからな……」

やらずに悔やむくらいなら、やって悔やむ方がマシだと、西条に想いを告げる決心をつけたのだ。

期間限定の職場だから、旅の恥はかき捨てのような思い切りもあったかもしれないが、その勇気は自分で褒めてやってもいいと思っている。

「残りの日を、頑張ろう。別に今までと何も変わることはないんだから、できる」

呟いて、立花はベアダックの腹をホールドしたまま、ベッドに転がった。

◇◇◇

しかし翌日、またしても、立花の決心とか諦めは無駄になった。

いつもどおり店にやってきた西条が、レジに行く前に、空いたテーブルの片付けをしている立花のところへまっすぐにやってきたのだ。

「よかった、今日もいて」

いらっしゃいませ、という言葉が喉に張りついて上手く声にならない立花より先に、西条が言った。

「上がり、今日はこの間と同じくらいか？」

「そう……ですけど」

今日『は』という言い回しに気を取られて、立花はつい正直に頷いてしまった。

――昨日は時間帯責任者ではなかったので、閉店作業はせずに、前に西条と遭遇した時よりも早い時間に店を出た。

もし、万が一、昨日西条がこの間と同じ時間に店の前で立花を待っていたのなら、空振りに終わったはずだ。

（そんな、まさか）

昨日の誘いは断った。

なのに西条が自分を待つ理由などないはずだと、立花は困惑しながら俯く。

「じゃあ、店の前で待ってるな」

「えっ」

じゃあって何だ、と立花が問い返す隙を与えず、西条はさっさとそばを離れ、レジの方へ歩いて行ってしまった。

立花は咄嗟にそれを追おうとしたが、間近の座席の客が立ち上がったことに気づいて、そちらを向く。

「トレイはそのままで結構です、ありがとうございました」

今は勤務時間中だ。個人的な用事にかまけるわけにはいかない。

そして立花がトレイや座席を片づけている間に、西条はカウンタで商品を受け取り、店の外へ出ていってしまった。

落ち着かない気分で、立花はその日の仕事をこなす羽目になった。

緊張を忘れようと接客や雑事に専念していたら、学生アルバイトに「立花さん、私、何かしたでしょうか……」と怯えながら訊ねられてしまった。よほど強張った顔をしていたのだろう。

嬉しいよりも、戸惑いと困惑の方が勝っている。逃げ出したい気分にもなったが、でも西条と会って話せるのは嬉しくて、余計に困った。

待っている、と言われた。あまり待たせるのも悪いので、立花は閉店後、大急ぎで時間帯責任者としての仕事を終え、着替えをすませて店を出た。

西条は本当に店の前で待っていて、その姿を見つけた時は、一瞬混乱が吹き飛んで、純粋な嬉しさが立花の胸を占める。

自分は馬鹿みたいに単純だと、少し呆れた。

「……すみません、お待たせしました」

小走りに駆け寄りたいのを堪えて、のろのろと西条の方へ近づき、相手の顔が見られないまま小声で立花は言う。

態度であまりに相手のことを好きだと表してしまわないよう、細心の注意を払った。わかられたら恥ずかしい。それに、西条を困らせるだけだろう。

「今来たところだから」

まるでデートの定番、というような台詞を西条の優しい声が言って、立花は頬や耳が熱くなるのを感じる。

「何か食べたいものある？」

西条は昨日誘いをかけたとおり、一緒に夕食を食べる気らしい。

問われても、答えるどころではなかった。胸が一杯で、空腹なんてちっとも感じない。

首を振ることしかできない。

「好き嫌いは？」

これにも立花は何も言わず、ただ首を横に振るだけで答える。

「じゃあ空いてそうなところ、適当でいいか。時間的に、あんまりゆっくりもしてられないし」

西条は腕時計を見ながら言って、歩き出した。立花は一歩離れてそれについていく。

（この間帰りが一緒になったのは偶然だったけど、これは、待ち合わせして）

本当にまるでデートみたいだ、と思ったら立花は胸だけではなく、頭の中も一杯になってしまった。『混乱した』と表現するのが正しいだろう。オーバーフロー。

（どうして俺は、西条さんに誘われたんだろう？）

判断材料があまりに少ない。『お詫び』というのは断ったはずだった。それ以外に誘われる理由は思いつかない。学校や仕事上でのコンパに誘われる程度の経験しか立花にはなくて、個人対個人で誰かと出かけるという状況すら珍しかったから、答えをみつけようがなかった。

西条の方は迷いのない足取りで進み、少し歩いたところにある雑居ビル一階のイタリアンレストランへと入っていった。

店内は賑わっているが、満席ではない。店員に案内されて中を進む西条のあとを、立花も急いで追った。

店の端、割と狭い二人掛けの席に、向かい合わせて座る。

「立花君は、お酒飲む人？」

西条の声で名前を呼ばれるたびに、立花はいちいち心臓が止まりそうになった。

「はあ、まあ、適度に」

「生の魚介は大丈夫？」

「……多分……？」

西条から何を聞かれても、立花は緊張のあまり口籠もり、煮え切らない返事ばかりしては自分で自分に失望する、ということを繰り返す。

西条は面倒になったのか、同じ食前酒を二人分頼んだ。店員からラストオーダーだと告げられると、サラダだのパスタだの肉だの魚だのも、いちいち立花に確かめるまでもなく無造作に注文した。

「羊駄目なんだよ」

注文を取ったウエイトレスが座席から離れていったあと、西条が言う。西条が頼んだ肉料理は仔牛の赤ワイン煮だ。

「鴨《かも》とかも。匂いがきつい肉が無理っていうか。イノシシカノシシも駄目だな」

「カノシシ?」

聞き慣れない言葉に、立花はつい問い返した。

「鹿《しか》の肉。一回しか食べたことないけど、硬くて臭い……」

「鯨《くじら》、とか」

「ああ、鯨も無理だったな。食感がゴムみたいで」

西条の好みを知れたこと、自分の言葉に頷いてもらえたことに、立花はほのかな喜びと快さを感じて、少しだけ緊張がほぐれる。

「ベアダックの食べ物はいいよな、うまくて。他のファーストフード系だと、さすがに毎日じゃ胃に凭《もた》れる」

「一応、自然派食品が売りなので」

店のことなら、いくらでも話せる。立花はさらにもう少しだけリラックスした。

ちょうどやってきた食前酒のワインで、西条に乾杯を促された時も、ほのかに照れつつ自然に応えることができた。

(こういうの、慣れてるのか)

カジュアルな雰囲気とはいえレストランで差し向かいの相手とワインで乾杯、など、立花にとっては初めての経験だ。

「あそこで働いてるのは、やっぱりあのクマが好きだから？」

立花は酒が嫌いでも好きでもない。まったく酔わないのでジュースと同じだ。でも西条と飲むのは特別な気がして、よく味わいながらちびちびとワインを口に運んでいると、そう訊ねられた。

頷こうとして、ためらう。いい歳をした男が可愛いクマを好きなのはみっともないのではと思った。しかし前に西条には『君の方がクマを好きだろう』と見抜かれているし、その時別に馬鹿にされたわけでもないので、立花は迷った挙句に頷いた。

立花の頭の中は目まぐるしく動いていたが、傍《はた》から見れば随分鈍い反応に見えただろうに、西条は苛立つ様子もなく待っていてくれた。

「通ってる割に俺は知らなかったんだけど、あのクマ、若い子に人気なんだな。気にして見てみたら、この辺の高校生が鞄《かばん》だの携帯だのによくぶら下げてた」

「……俺も、高校の時に知りました。ここの近くだったから」

「あ、じゃあもしかしてよく見かけるブレザーの高校出身？　青いネクタイの」

「そうです」

「立花君って今いくつだっけ？」

「二十三です」

立花の年齢を聞いて、西条が少し「あれ？」という顔になる。

「もっと若いのかと思ってた、二十三か……えーっと、ってことは高校生の時に俺は今の会社に来る前……だから、ブレザー着た立花君とあの店で擦れ違ったりってことはなかったか」

「……」

指折り計算する西条の言葉に、立花はまた胸が一杯になる感じだった。

西条が、高校時代の自分について考えている――ということに、胸が詰まる。

「もしかして、高校時代もあそこでアルバイトしてたのか？」

訊ねられたことには、言葉に詰まった。

「……その頃も、バイト禁止だったから、学校から離れた別の店舗で面接は受けたんですけど。接客に向いてないと言われて、不採用で」

暗いし元気がないねえ！　と店舗責任者には一刀両断だった。当時は結構落ち込んだものだ。

だから正社員として就職試験を受けた時も、撥《は》ねられるのを覚悟の上だった。

予想外に採用された時は、家の巨大ベアに報告するくらいに浮かれた。

「ふーん、じゃあ採用されるように、頑張ったんだな」

何気ない西条の呟きにも、立花は嬉しくなる。

西条は言葉ひとつで立花を簡単に舞い上がらせることができるらしい。

「しかし、そこまであのクマが好きか……中毒性がある、ってそういや言ってたけど」

そして今度の呟きには、立花は簡単に舞い上がった気分を急下降させられた。

『言っていた』のは、おそらく昨日西条と一緒に店を訪れた、あの女性だろうと見当がついてしまった。

（一喜一憂して、馬鹿みたいだ）

立花は溜息を押し殺して、食前酒をまた一口飲む。

「具体的に、あのクマのどこがいいんだ？」

「ベアです」

前々から気になっていた部分について、立花は訂正を求めた。

「クマじゃなくて、ベアです」

クマかと言われれば確かにクマだが、あれはベアダックもしくはベアと呼ぶのが正解だ。

そこを立花は譲りたくなかった。

「わかった、ベア」

断固とした態度の立花に、西条は神妙に頷いてから、小さく噴き出した。

「立花君は、本当に頑固だよな」

「え……」

西条の言葉に、立花は驚く。

確かに頑《かたく》なな態度で言い直しを求めたので、頑固だと言われたことに関してはともかく、『本当に』という言葉が意外だった。

「ああ、くさしてるわけじゃないからな?」

戸惑う立花の反応を、西条は不安や不快を感じたせいだと判断したらしい。そう断りを入れてきた。

「はっきりしてるのは気持ちいいよ」

頑固という言葉に立花はいい響きを感じなかったのだが、どうやら西条にとっては褒め言葉らしい。

それがわかって、立花はますます驚いた。

「融通が利かなくて、輪を乱すから迷惑だとは言われたことがありますけど……」

「そう?」

「なかなかうまくいかなくて」

たまに、自分でも持て余す時がある。

「こう、って決めたことは、守らないと我慢できないとか……それで浮いてしまうので」

「なるほどなあ、自分ルールがあるんだ」

妙に納得した様子で、西条が何度か頷いた。

「空気読めって言われたことある？」

西条の問いは、立花の図星だった。問いというよりも確認のような響きでもあった。

これも西条にとっては『くさしているわけじゃない』のだろうが、言われた立花はばつが悪い。

「言われます」

「全部の場面でそれだと、まあ本人も周りもしんどいことがあるだろうな」

二人とも食前酒のグラスが空き、テーブルには前菜のサラダとスープが並べられた。西条は腹が減っていたのかすぐに料理に手をつけたが、立花はその気が起きない。

「……人を嫌な気分にさせたいわけではないんですけど」

西条があまりに的確に自分のことを言い当てるから、食欲が失せてしまう。

少し話しただけでわかるくらいに、自分は頑固で融通が利かなくて空気が読めないのかと。

「折れられるところは折れておけば楽だろうとは思うけど、譲れないところは譲らないで人に嫌われるのも仕方ないんじゃないか。どうしても合わない相手っていうのはいるし、そういう相手に自分曲げてまで好かれても、双方いいことないだろうし」

西条の口調はあっさりしている。

「それは……人当たりが普段からいい人は、そう思うのかもしれませんけど」

立花はうまく頷けなかった。西条のように誰とでも気さくに——たとえば、自分のような者まで相手にして——会話ができる人間には、周囲のほとんどから『面倒な奴だ』だとか『失礼な奴だ』という視線を向けられながら過ごす居心地の悪さのようなものは、理解できないのだろうと、そう思って。

「あれ？　俺のこと言ってる？」

口籠もってしまった立花の様子で、言外の意味を感じ取ったらしい西条が、小さく首を傾げた。

「俺は結構人から嫌われてるぞ。どうでもいいところは適当に人に合わせるけど、嫌なところは譲らないし、嫌いなものに対する攻撃力が高いらしいし」

西条の自己申告に、立花はまた驚いた。

「そういうふうには見えません」

立花が否定すると、西条はおかしそうに笑いを嚙み殺した。

「俺が嫌いな奴の前でどういう態度取ってるか、知ったら納得するよ」

「嫌いな人……」

「性格なんかは、割とどうでもいいんだけど。やろうとすることを邪魔する奴とか、足引っ張る奴が大嫌い。ここ一番で頑張らないといけない時に、面倒だから手を抜こうとする奴とか。そういう奴は一人だけ楽しようとするのが後ろめたいから、絶対周りの奴を巻き込もうとする。で、大勢を味方につけて『一人で頑張らないで、空気読んで一緒にサボれよ』だのって言うんだよ。でもそれにつき合う義理はないだろ？」

西条は笑っているが、言っていることは割合厳しい気がする。内容には同意できたので、立花は小さく頷いた。

「低いところに流れるのは勝手だけど、こっちを巻き込むな……っていうのを、黙ってればそれほど波風立たないんだろうけど、腹が立つからつい嫌味とか言ってしまう。性格が悪いんだよ、俺は。前に言ったろ、男に嫌われるタイプだって」

確かに西条がそう言っていたことを立花は思い出す。

「格好いいから、やっかまれてっていうことかと思ってました」

そう言った立花を見て、西条がますますおかしそうに肩を揺らす。

「性格の悪さから見た目を差し引いて、女子は許してくれることもあるっていう話かもな」

西条は自分の性格のキツさにも、容姿のよさにも、自覚があるようだ。

(確かに、性格は悪い……のかもしれない)

かといって立花が西条に失望したかといえば、そうでもない。

「立花君的にも、俺の性格の悪さは見た目でカバーできる感じ？」

西条に問われて、立花は手にしていたフォークを取り落としそうになった。

ちょうど、そのことについて考えていたところだった。男に嫌われるタイプの西条。見た目がいいから女の人には許される。じゃあ俺はどうだろう？　と。

(でも、そっちが訊くか、そんなこと)

立花にとっては扱いが難しい感情の問題に、西条は遠慮なく踏み込んでくる。

それが立花には怖い。

「口で聞いただけで、実際嫌いな人の前でどういうふうに態度が悪いのか、見てもいませんし」

どうにかそう答えるので精一杯だ。

「そりゃそうか」

西条はあっさり納得して、それ以上突っ込んで訊いたりはしてこなかった。

「俺は立花君のことは嫌いじゃないから、嫌いな人に対する態度はわからないもんな」

立花が安堵しかけたのも束の間、そんな言葉が続いたので、どうしたらいいのかわからなくなる。

料理をつつきもしないフォークを持ったまま、立花がおそるおそる西条の方を窺《うかが》うと、目が合って、笑いかけられた。

立花は急いでまた元どおり目を伏せる。

（……おもしろがられてる）

さすがに、立花にもうはっきりとそれがわかった。

こっちはこんなに緊張しているのにと、恨みがましい気分になる。

それでも、西条が前に何度も言ったように、脅したりいじめたりするために自分と食事をしているわけではないというのもわかるので、腹を立てることができない。

もし馬鹿にして嬲《なぶ》って楽しむ意図で西条が言葉を選んでいるのなら、それにつき合う筋合いはないと、逃げ出すことは簡単だっただろう。

（性格がっていうか、タチが悪いんじゃないだろうか）

立花にはそういう趣味はないが、昔実家で飼っていた猫を、父親がよくからかって遊んでいた。耳やシッポを引っ張って嫌がる声を出させては「おお嫌か、嫌か」と喜んだり、好きなおやつをちらつかせて誘《おび》き寄せてはいきなり抱き上げて、無理矢理頬摺りをしたり。

そのたび猫は身を捩《よじ》って慌てて逃げていくのに、そこまでされても父親のことは嫌ってはいないらしく、名前を呼ばれれば鳴き声で応えたり、近づいて撫でて欲しそうな仕種をしていた。

悪趣味な父親と物好きな猫だ、と家にいた頃は思っていた。

(でも離婚した時、あの人は猫を置いていった)

ぼんやりと、自分の考えに耽《ふけ》っていた立花は、途中で目の前に西条がいることを思い出し我に返った。

またおそるおそるの動きで目を上げると、西条は少し行儀悪く頬杖をついて、立花のことを眺めていた。

「まぁた顔伏せる」

立花の動きを先読みして、西条が笑いを含んだ声で言う。

どうしようもなくて、立花はそのまま固まってしまった。

「人と目を合わせるの、苦手か?」

「人と、というか」

辛うじて顔は上げたまま、立花の視線は西条に向けることができず、二人の中間にある前菜の皿で留まる。

「西条さんに見られるのが、というか」

「じゃあ俺が目を瞑《つむ》ってようか」

「え」

「立花君は俺のことを格好いいと言うから、好みの顔なんだろうなと思って。だったらゆっくり眺めたいだろ？」

「……いや、それでは、食事ができないので」

思う存分顔を眺めろと言われても、それだけでまた胸が一杯になって、料理など入りそうにない。

西条はあれこれと注文をしたから、話している間にも次々皿が運ばれてくるというのに、料理が余ってしまう。

「なら立花君が食べさせてくれるとか？」

「え、なぜ」

西条の受け答えの意味がわからず、立花は眉を顰《ひそ》めた。

西条は西条で怪訝そうな顔になってしばらく考え込み、少ししてから「ああ」と腑に落ちた様子で頷く。

「俺がじゃなくて、立花君が食事が喉を通らないって話か」

「……」

立花も随分考えてから、西条の言葉の意味を理解した。

西条の方は、立花の台詞を『目を閉じてしまっては自分が料理を食べることができない』という意味で捉えたのだ。

（普通は、そう取るのか）

好きな人の顔を見ているだけで満腹です、などと当人に宣言してしまったことの恥ずかしさに気づいて、立花は消え入りたい心地を味わった。

「おもしろいな」

小さくなる立花の態度に反して、西条の方は、言葉どおりおもしろそうな表情で立花を見ていた。

「立花君は臆面があるのかないのか、よくわからない」

「鈍いだけです」

おもしろがられるのは、本意ではない。人と話していて、「立花君っておもしろいねえ」だとか「凄《すご》いね……」だとか言われた場合、決して好意的な評価を下されたことにはならないのは、経験上立花は把握している。

少なくとも立花に向けられた時は、相手が自分とは相容れないものを切り捨てる時のために使う言葉だ。

（でももう、それでいい）

立花は、居たたまれない、という表現がぴったりな気分になっている。

「噛み合わなくて、すみません。他の人が普通はどう考えるのか、俺にはわからないんです。俺が考えてることも、他の人にはわからないし、どういう気持ちでいるかも」

「だから、わからないのが、おもしろいなあと」

立花は随分と追い詰められた気分になっているというのに、西条は暢気《のんき》と言えるくらい明るい声音で、そんなことを言う。

「相手が何考えて、どういう気分でいるのか、手に取るみたいにわかる距離感っていうのも楽でいいけどさ。立花君と話してるのは、何か、クイズでも出されてるみたいでおもしろい」

「……」

立花の方こそ、西条の言葉や態度がいちいち謎めいていて、ひどく難しい試験問題でも出された時の心地になってきた。

「面倒じゃ、ないですか」

それこそ自分は、スムーズな会話や楽しい食事の時間を妨げる、西条にとっては邪魔な存在なのではと、立花にはそういうふうにしか思えない。

「うん、まあ面倒だけど」

頷いてから、西条がまた少し考え込む表情になり、立花のことをじっと見遣ってきた。

「……そうか、面倒なんだよな」

西条の視線と、呟きに、立花は身が竦《すく》む。

「それでも知ろうと思うのは、興味があるってことかもしれない」

「興味……ですか」

「正直、自分でもどうして君をこうやって誘ったのか、理解できてないところがあったんだ。理由はともかく、誘いたいと思ったから誘ったけど」

「はあ……」

なるほど、好奇心か、と立花の方は少し理解した。

「俺みたいなのが、今まで、周りにいなかったんですね」

「あ、そうだな。そういうことだと思う」

本当に正直に頷いた西条に、立花は笑みを零《こぼ》した。

笑うしかない。悪意がないにしろ、好きになった相手から、好奇心でつつかれる状況について考えれば。

（西条さんにとって、俺はよっぽど珍妙な存在なんだろう）

そういう扱いは初めてじゃない。教室で浮いているちょっと変わった子、というのを相手にしたがる人間は、学生時代に何人かいた。

そういう人たちは、間もなく立花のそばから離れていくことになっている。満足したのか、失望したのかは、立花の与《あずか》り知るところではなかった。勝手に近づいてきて、勝手にいなくなるのだ。どういう形にしろ、立花のことを結局は持て余して。

（社会人になってもまだ、こういうことがあるんだな）

そう思って湧いて出た溜息を、立花はそっと押し殺した。

なかなか食が進まない立花に対して、西条の方はほとんどの料理を平らげた。間食にカフェのパンを食べた上にこれだ。脂肪には縁遠い体つきに見えるのに、結構食べる方らしい。

そういう情報を知ることは嬉しくて、立花は複雑な心地になった。

（知るだけで喜ぶのくらい、いいはずなのに）

たとえば、ベアダックのプロフィールを知るのは嬉しかった。正式な出身地とか体長とか体重とか、性格の設定がきちんと用意されていて、店で配るパンフレットやウェブサイトにそれが掲載されている。ベアダックに一目惚れした高校生の頃にそれを知って、新しい情報を得るたびに気分が浮き立ったことを立花は思い出す。

（知ってどうするんだ、とか思ってしまうのは、期待が消せてないからだ）

知る以上のことをどこかで望んでいるから、それが叶わないことを予測して複雑な気分になってしまう。

溜息を押し殺しながら、立花は西条との食事を終えた。

閉店時間が近かったので、のんびりしていられなかったのは助かったと、心から思う。

「初めて入った店だけど、割とうまかったな」

会計をすませて店を出ながら、西条が言った。西条は自分が誘ったのだから自分が奢《おご》ると言っていたが、立花は頑として頷かず、半額をレジの前で出した。

「また来ようか」

レジの前で会計について揉《も》めるのは御法度だということくらい立花も知っていたが、西条はそれで気を悪くしたふうもなく、笑ってそんなことを言ってくる。

耐えきれずに、立花はその場で立ち止まった。

「立花君？」

駅の方へと歩き駆けていた西条が、立花が隣に並ばないことに気づいて、同じく足を留める。

西条は振り返ったようだったが、顔を伏せていた立花に、その表情を見ることはできない。

「やめてください」

なるべくきっぱり言おうと、立花は声を張り上げた。張り上げたつもりだったのに、うまく力が入らなくて、呟いているような響きになってしまった。

「もういいです。勘違いするので、やめてください」

それだけ告げて、立花は西条に向けて小さく頭を下げると、その場から駆け出した。西条を追い越して駅の方へ走る。

追い越す時、西条が自分を呼び止めようとする仕種が見えたが、無視して、振り切って、走り続けた。

数分走って、駅へと辿り着く。なるべく急いで階段を下り、改札を抜けてホームに向かったのに、終電間際の電車はいつもと変わらず本数が少ない。

ホームに着いて五分以上経っても電車はやってこず、走るのを止めたのに立花の心臓はばくばくと嫌なふうに鳴り続けた。

左胸を拳《こぶし》で押さえつけている間に、隣にスッと人影が並んだ。

わざわざ視線を向けて確認するまでもなく、それが西条だと立花にはすぐわかった。

店から駅までは近い。五分もあれば、走らなくても急ぎ足なら余裕で追いつく距離だ。ホームの人影はまばらだったから、西条が立花の姿をみつけるのも造作ないことだっただろう。

「何かさ」

挨拶も前置きもなく、西条が言った。

「楽しいってだけじゃ駄目かね」

ようやく、電車が来ますという表示にランプがつく。遠くから電車の音が近づいてきた。ホームに滑り込んできた電車がドアを開く。追い詰められた気分で、立花は西条と並んでがらがらの電車に乗り込んだ。座席も空いていたが、立花は西条と並んで座る気が起きず、その意思を表明するためにもすぐ吊革《つりかわ》に摑まった。

「俺は立花君見てるのも、立花君と話すのも楽しいよ」

西条も、立花の隣の吊革に摑まった。

「……何で」

電車が走り出す。ホームの明かりが遠離って外が暗くなり、正面のガラス窓には立花と西条の並んで立つ姿が映し出される。

(何でそんなことを言うんだろう)

ガラスに映る、無表情の自分を、立花はぼうっと眺めた。

泣きそうな、情けない顔をしていると思ったのに、それほどでもない。やっぱりどうも、自分で思うよりも感情が表に出ないのだなと、改めて確認する。

そういう自分の姿を見ているのも憂鬱で、視線を動かした時、ガラス越しに西条と目が合った。

西条も立花の顔を見ていたようだ。

さらに気まずくなって、立花はぱっと西条から顔を背ける。

「ほら、そういう反応とか」

西条の声音には笑いが含まれている。

「立花君は無愛想だけど、よく見ると感情豊かだよな」

言われた言葉が意外過ぎて、立花は西条から逸らしたままの目を小さく瞠る。

「何考えてるのかわからないけど、気になって観察してると、照れてたり、困ってたりするだろ」

クイズのようでおもしろいと、食事の最中にも西条は言っていた。

「本当によく見ないとわからないけど、わかった時は楽しいし、嬉しい。だから俺はまた君を誘うと思う」

「……」

ひどい人だなと、声には出さずに立花は思う。

そんな言い方をされたら、西条の自分に対する好奇心が、見慣れないおかしなものに対する興味だけではなく、もっと純粋で単純な――自分にとって都合のいいものなのではという錯覚が浮かんでしまう。

だからひどい、と思う。

(感情が豊かなんて、初めて言われた)

自分でも、振れ幅が狭い自覚があった。人からはさんざん愛想がないとか怖いとか、陰でも面と向かっても言われてきた。家族にすら「何を考えているのかわからなくてつまらない子だ」と言われ続けた。

(西条さんになら通じるとか、勘違いしたらいけない)

期待させないで欲しいと言いたいのに、声にならなかった。

「そういえば俺、立花君の下の名前って聞いてなかったよな」

黙り込む立花に、西条が相変わらずガラス越しの視線を向けながら言う。

「本当は苗字《みょうじ》に君付けとか、柄じゃないんだよ」

「……呼び捨てでいいです」

ひどい、と思いながら立花は小声で応えた。

「会社や学校の先輩後輩じゃないんだから、そういうわけにもいかない」

西条は少し芝居がかったほど真面目な声で言ってから、すぐに笑いを含んだ声に戻った。

「下の名前は？」

ひどすぎる、と泣きたくなってきた。

「尚太」

「字は？」

「和尚の尚に、太い」

「尚太って呼んでいいか？」

「……駄目です」

「どうして」

「……心臓止まる」

「……」

本当に、立花は今にも自分が死んでしまうのではと、怖くて仕方なかった。

「俺が死んだら西条さんのせいだ」

精一杯詰《なじ》ったつもりなのに、西条から笑っている気配がまったく消えない。立花はますます死にたい気分になってきた。

立花の言葉に、西条は笑っているだけであとは何も言わず、お互い黙ったまま立花の降りる駅に電車が停まった。

立花は何も言わないまま電車を降りた。車内に残った西条を振り返ることもしない。

背中でドアが閉まり、電車が走り出す。

西条の乗った車輌が確実にホームから離れた頃、立花はその場にしゃがみ込んだ。

膝に額《ひたい》を押しつける。堪えようとしても涙が滲《にじ》んできた。どうして自分が泣いているのか自分でもわからない。悲しくも嬉しくもない。あるいは両方が混じりきって、区別が付かなくなっている。

とにかく強烈な感情が溢《あふ》れかえって、自分でもどうしようもなかった。

「お客さん、大丈夫ですか」

蹲《うずくま》っていたら、酔っ払いが潰れたとでも思ったのだろう、駅員が近づいてきて少し迷惑そうな調子で声をかけてきた。

（全然、大丈夫じゃない）

そう答えたかったが、言われたところで駅員が困るだけだろうと気の毒になって、立花は小さく頷いて立ち上がった。

（世の中の人は、みんな普通にこんなことやってるのか）

乱暴に目許を拭いながら、改札口を目指す。

大学に通っていた頃、同じゼミにころころと彼氏を替える女子学生がいたのを思い出した。噂話にまったく関心のない立花の耳に入る程度には派手な男女関係に陥る人だった。

あの人はそのたびにこんな気分を味わったのだろうか。

（うちの父親だって、母親と浮気相手と、最低二度は恋愛したんだから、最低二度はこんな目に遭ったのか）

それとも自分に免疫がなさ過ぎるから、こうみっともないことになるのか。

止まらない涙をまた手の甲で荒っぽく拭い、立花は溜息をついた。

5

この浮かれる感じには覚えがあった。

懐かしい感覚だ。懐かしすぎて、そうと把握するのに少し時間が掛かってしまったが、これは恋なんだろうなと西条は自覚した。

社会人になってから恋愛沙汰を遠ざけて五年ほど、意図的に忘れようとしていたことを思い出してしまう。

（そういえば、俺はのめり込むタイプだった）

何しろ久しぶりだったので本当に忘れていた。

自分がどうして恋愛ごとを避けようと決心したのか。

（昨日は、可愛かったな）

俺が死んだら西条さんのせいだ、という立花の言葉が、それを聞いた時から、繰り返し西条の頭の中で響き続けている。

ものすごい台詞を聞いたものだ、と思う。

（あの子はどれだけ俺のことが好きなんだ）

立花の言葉や態度は、いちいち西条を浮かれさせる。

困った顔を見て喜ぶのは我ながら趣味が悪いとは思いつつ、立花の心が揺れていることに気づくたび、西条の胸も震えた。

(しかもそれに、俺だけが気づいてる、っていう)

本人の言うとおり、立花の考えていることはとてもわかり辛い。

しかし立花と話して、その様子を観察するたび、西条には彼の思考や気分が少しずつ読めるようになっていった。

そしてそのたびに、立花を知りたいと思う気持ちが強くなっていった。

恋でもなければ、人に対してこんなふうに興味を持ったりしない。

元々、先にある答《こたえ》を探り当てていくのが好きなのだ。だから理系の大学を選んだし、膨大なデータを集めて分析してという作業を繰り返す今の仕事は天職だと思っている。

(俺が男の子をというのは予想外過ぎたけど)

「西条さん」

同性と恋愛をするという未知の状況にまったく抵抗がないわけではないが、感情がすでに出ているのに、データを改竄《かいざん》して別の結果を自分に提示するわけにもいかない。

「西条さんってば。S社のデータベース打ち込み終わったから、確認してください、ってさっきから言ってるの、聞こえてます?」

呆れて苛立った声を聞いて、西条は我に返った。

今が仕事中だということを、ようやく思い出す。

「もう、何ボーッとしてるんですか。朝から変ですよ、西条さん」

そう、朝から松嶋に叱られっぱなしだった。ずっと立花のことを考えている。考えすぎて、仕事が手に付かない。

これだから、恋をしないようにするべきだと気をつけてきたのだ。

恋なんて時間の無駄だと思っていたのは間違いではない。せっかく望んだ職に就けたのに、その仕事を阻害するくらい、他人にうつつを抜かす自分を西条は知っていた。

（まずいな）

五年間かけて作り上げた防御壁を、立花の存在が乗り越えようとしている。

今までどんなに好みの女の子にアプローチされても、そうそう心は動かなかった。動かさないように気をつけた。最初は意識的に、そのうち無意識に、恋に陥りそうな要因をみつけたら全力で避けてきたのだ。

なのに立花に関しては、自分の方から働きかけてしまった。

知りたい、という欲求が抑えられない。これで立花が、積極的にこちらに対して何かしらの働きかけをしていたなら、いつもどおり、西条の中でそのアピールは無視されるだけだっただろうに。

(名刺に個人の携帯番号も書いておけばよかった)

立花に名刺を渡した頃は、自分がこんなふうになるなんて想像もしていなかったのだ。

(いや、でも、教えたが最後、メールが来ないかとか電話が来ないかとか、しばらく気にするようになる)

恋の始まりの頃が特にひどいのだと、西条は思い出した。相手のこと以外に当分思考が働かなくなるのだ。――今みたいに。

「これ、急ぎの案件ですからね。今日中にって言ったの西条さんですからね」

キレ気味の松嶋の声を聞いて、西条は我に返り直した。

「ああ、そうか」

仕事中なのを改めて思い出す。自分がいい大人で、社会人で、会社から給料をもらう立場だということも。

部下に叱責されている場合ではない。

(学生じゃないんだから、仕事時間中はしっかり働けよ、俺)

さすがに五年で培《つちか》った意識がいきなり覆《くつがえ》されることはないと思いたい。

(俺はあの子が好きになった)

まともに仕事をこなすために、西条はそう明確に意識した。

（好きになったらのめり込むたち。のめり込み過ぎて仕事が手につかないのは大人としてダメなので、会社にいる間は忘れなければならない）

答えをすっぱり出してみれば、茫洋《ぼうよう》と相手のことばかり考えずにすむ――ような気がする。

そして六時にアラームが鳴るようにタイマーをセッティングする方法を習慣にしておいた自分は偉いと、西条は自画自賛した。それがなければ、早く六時にならないか、まだ六時にならないかと、何度も時計を見る羽目に陥っただろう。

（よし、六時まで、集中する。六時になったら、あの子に会いにいって、今日の帰りも一緒にと約束を取りつける）

はっきりと言葉にして考えたおかげか、西条はその目標を果たすため、どうにか仕事に戻ることができた。

◇◇◇

平日六時、いつもの時間帯。

買い物を終えた西条が、さり気なく近づいてきて、

「今日も、帰り？」

と短い言葉で呼び掛けてきた。

今日も帰りは待ち合わせができるか？　という問いかけだとすぐにわかる。

店は混み合っていて、忙しく、立花はすぐに返事をしなくてはならず——気づいた時には小さな頷きを返していた。

（もうやめてほしいって言ったのに）

西条は強引だ。

——でも、今日は閉店前に勤務時間が終わるから、帰ろうと思えば九時には店を出られるのに、また帰りに待ち合わせようという意図の西条の呼び掛けに頷いてしまったのは、立花だ。

「あんたダイエットするって言ってたのに、それ滅茶苦茶クリームとハチミツ入ってるやつじゃん」

トレイを持った女子高生二人の会話が、店を出て行こうとする西条の背を無意識に見送る立花の耳に入った。

「いいの、明日からにするから。今日は思いっ切り甘いの食べて、明日からは我慢するの」

ダイエットだの禁煙だの、する気があるならすると決めた瞬間から実行すればいいのに、とこの手の会話を聞くたびに思ってきたが、その考えの傲慢《ごうまん》さを立花は一人で反省した。

（害があるってわかっていても、その場の快楽に抗《あらが》えない……）

馬鹿だと自分でも思うが、でも、あと十日足らずのことだ。

（この店での研修が終わったら、否応《いやおう》でも西条さんにはもう会わない――会えない）

だったらその間くらい、好きな人と過ごしてみるのもいいじゃないかと、立花は自分を甘やかす。

（西条さんは好奇心が満足して、俺は好きな人と一緒にいられて、あとたった十日足らずなら、それでいいじゃないか）

怖いのは、そのたった十日のうちに、西条の自分に対する興味が潰《つい》えて、放り出されることだ。

（でもそんなの、十日後には何の関係もなくなるんだし、そもそも西条さんが俺に興味を持ってくれたこと自体奇蹟で、奇蹟なんて本当は起こらなくて当然のことなんだから）

そうやって、立花は自分に言い聞かせる。

間違ってもおかしな期待など持たないよう、ずっと死に物狂いだった。

◇◇◇

土日を除いた平日の夜、西条は会社帰りに毎日立花と落ち合って、短い時間で食事をとりながら話をした。

何度かは、食事をとる時間がなかったので、ただカフェの前から駅まで並んで歩き、同じ電車で途中まで揺られて、その間だけ一緒にいた。

毎日六時過ぎにカフェで顔を合わせる時、西条が大体何時頃に仕事が終わりそうだと告げると、立花はただ頷いて、それが約束のようなものだった。

立花の方が待っている時もあれば、西条が待たされることもあった。

最初にレストランで食事をしてからちょうど一週間目の今日は、西条の残業が予定外にずれ込んで、会社を出られたのは立花に伝えておいたものよりも、一時間近く遅れた時刻になってしまった。

（さすがにもう、帰ってるか）

西条は結局立花に携帯電話の番号を教えないままだったし、立花の方から自分の連絡先を西条に伝えようとする素振りなど、一度も見せたことがない。名刺を渡したから会社の電話番号は知っているはずだが、立花がそこにわざわざ連絡できるような性格ではないのは、西条にもわかっている。

こんなことなら自分の番号だけでも渡しておけばよかったと悔やみながら、西条はカフェに向かって歩いた。帰るのなら、どちらにしろ駅に行く途中でカフェの前は通る。

(三十分くらいは待っててくれちゃいそうだよな)

五分か十五分待ちぼうけを喰らわされたから怒って帰る、というタイプでも、立花はなさそうな気がする。明日会ったらまず謝ろうと決めながらカフェの近くにやってきた西条は、ふと、足を留めた。

今日はいつもどおり十時半過ぎには帰れるから、と告げてあったのに、今はもう十一時半を回っている。

けれどもカフェ近くのベンチに、ぽつんと一人で座っている立花の姿があった。

「……」

西条はなぜか急いで彼に駆け寄る気分にならず、しばらくその場で立花のことを眺めた。

(今、俺のこと考えてるか？)

立花はベンチの背もたれに寄りかかり、膝に乗せたバッグに所在なげな雰囲気で両手を乗せて、ぼうっと自分の足許を見下ろしている。

ベンチから少し離れたところにある外灯が、ひとりぼっちの立花の姿を淡く照らしている。

数十秒、西条はその姿を目に焼きつけてから、やっと彼の方へ歩み寄った。

「ごめんな、待たせた」

西条が声をかけると、立花は特に表情は変えずちらりと西条の方を見て頷き、立ち上がった。

嬉しそうな顔も、待たされて腹を立てるような様子も見せなかったが、そうして自分を待っていてくれた立花の気持ちを西条が読み誤ることはなかった。

きっと待っている間中不安で、西条が来ないのではと怯えて、でも待たずにはいられず、じっとベンチに座っていた立花のことを考えて、西条は胸が痛くなる。

「尚太」

いつも名前を呼ぶと、立花の体にほのかな緊張感が走る。

もう呼び始めて何日も経つのに、ちっとも慣れないらしい。

「抱き締めてもいい？」

「は？」

ベンチに座る立花をみつけた時からそうしたくてたまらなかったことを口にしてみると、力一杯怪訝そうな声が帰ってくる。

（『は？』ってことはないだろ）

何を言われたのか理解できない——という様子で眉を顰めながら自分を見上げる立花の方へ、西条は一歩分距離を詰めた。

じりっと、立花が少し後退さる。だがすぐに膝の裏にベンチが当たって、戸惑ったように背後を振り返った。

逃げられたことが、微かに西条の癇《かん》に障る。

（どうして俺のことが好きなのに逃げる？）

西条は立花のことはかなりわかるようになってきたと思うのに、わからないこともまだ随分ある。

「——ま、いいか」

短く溜息をついて、西条は立花に伸ばしかけていた手を引っ込めた。

「え……」

立花は混乱した様子で声を漏らしている。

西条はそのままベンチに腰を下ろした。立花の手を引っ張って、半ば強引に自分の隣へと座らせる。

「……終電、もうすぐですよ」

「あと二十分くらいは大丈夫だろ」

西条の隣でも、立花は所在なさそうな様子で、また俯いている。

それでも立花は日を追うごとに、少しずつ落ち着いた反応を示すようになっていた。前のように、見るからに慌てて顔を赤くしたり、戸惑って固まったりはしなくなっている。

西条の方は立花に会うたび、朴訥《ぼくとつ》とした雰囲気や、どうにか言葉を絞りだそうとして苦心する姿や、地味なのに綺麗な容姿を眺めては、「やっぱり俺はこの子が好きなんだなあ」と確認して、いちいち浮かれている状態だというのに。

（一瞬一瞬は、この子も俺のことが好きなんだろうなとわかる時があるのに、もしかしたらそんなのこっちの勘違いじゃないかと思う瞬間もある）

最近は、後者の方が増えている気すら、西条にはしていた。

恋愛を遠ざけたいと思っていた時期に、たとえ好みの女性からだとしても、言い寄られそうな空気を感じれば億劫がっていた自分の贅沢《ぜいたく》さを、西条はひっそりと反省する。

立花が自分に向けて盛大なアピールをするようならばやはり逃げただけだろうに、今となっては言葉や態度でもう少しくらい明確に気持ちを示してくれればなあ、などと思ってしまうのだ。

こちらから、さっきみたいに行動で示そうとすれば、演技でもなく訝しげな反応が返ってきてしまう。

まるで自分の片想いみたいだと思って、西条は少しおかしくなった。

「尚太は、今まで恋人はいなかったんだっけ？」

どうにかそういう空気に持っていこうと、西条は話題を探して口にした。

立花と落ち合って一緒に帰るようになってからの一週間、短い時間の中で他愛ない会話を試みても、恋に関する話には何となく踏み込まずにいた。一週間前の立花は本当にいっぱいいっぱいという感じだったし、自分のせいで死なれたら西条だって困ると思っていたから。

「……いなかったですよ」

立花の返事は、息と声を押し殺して潜めるような、苦しそうな響きに聞こえた。

「いつも片想い？」

これには、困ったように微かに首を傾げられた。

「よくわからない」

「わからない？」

「見てるだけで嬉しい人は、たまにいました。それが好きっていうことかは……」

「じゃあ告白したのは俺が初めてか」

告白、という言葉を聞いて、立花の体が少し竦む。

脅したいわけでもからかいたいわけでもないと何度も明言しているのに、立花の反応はこれだ。悔やんだような顔になられるのは、西条にとって割と不本意だった。

照れて恥ずかしがる風情だったら、ただ嬉しいだけなのに。

「魔が差したんです」

挙句、そんなことを言われてしまった。

「本当はあの時にするつもりはなくて」

「あの時にってことは、でも、いつかはするつもりだった？」

「……」

立花は黙り込んで、膝に乗せた鞄の上で、右手を握り込んだ。

よく見ると立花の手の中には小さなぬいぐるみ状のものがある。バッグチャームのようなもの。小さいので形はよく見えないが、ベアダックだな、と西条には簡単に見当がついた。

まるでお守りか何かに縋《すが》るような仕種に見える。

「……西条さんは」

クマを握り締めたまま、立花がまた絞り出すように言った。

「たくさんいたんでしょうね」

自分のことから話を変えたかったのか、それとも純粋に聞きたかったのか。それとも会話の最中彼が「こうしなければ」と思っているらしいやり方、『何か問われた時は同じことを問い返す』というのを、この場でも守ろうとしているのか。

あれこれと可能性について吟味しながら、西条は少し笑った。

「恋人のことなら、たくさんはいなかったけどな」

何にせよ、恋の話に応じてくれる様子なのは、手応えがあって少しは嬉しい。

「多分尚太が思ってるよりは少ないよ。一度好きになるとなかなか冷めない方だから」

立花のことも、当分――ちっとも終わりが見えないくらいには、好きでい続けるのだろうという予感がある。

「中学生の頃と、高校生の頃と、大学生の頃で、三回か。幼稚園と小学生の頃はもうちょっと頻繁だったけど、まあそれは数に入れないとして」

西条は思い出しながら、指折り数える。

たくさんと言った立花がどれくらいの数を想定していたのかはわからないが、やはり実際に自分が経験したよりは多く見積もられている気がする。

「どれも自分から終わらせたことがない。だいたいフラれるんだ」

「え」

これには、驚いたような声が返ってきた。立花がどうやらこちらを随分と過大評価してくれているらしいのはわかるので、反応は西条の予測どおりだ。

「中学の時は、卒業式の日に『いい思い出をありがとう』って第二ボタンを奪いながら言われた。高校から海外留学するっていうから、こっちは遠距離覚悟でネットの設備を整えたりしてたってのに」

思い出すと笑ってしまう。離れても続けようと何の迷いもなく思っていた自分と、新しい環境で一から始めようとしていた彼女。幼いながらに真剣だったので、高校の入学式まで春休みは毎日不貞寝《ふてね》をしていた。

「高校の時は他校の奴と二股《ふたまた》かけられて、激怒したら心が狭いと捨てられた」

これも今となっては、まあ笑い話だ。

立花は相槌も打たずに黙り込んでいる。答えようもない話なのかもしれない。

「大学の時は、俺が相手のことばかり考えて、就活も卒論も疎《おろそ》かになってたのを見かねた同い年の彼女に、距離を置きましょうってやっぱりフラれたよ。相手は上昇志向の強い人で、俺はできれば早く彼女と結婚して、仕事はその生活のためのものにしようと思ってたけど、そういうところが我慢できなかったらしい。実際就職してみたら、彼女の気持ちはよくわかったけど」

　どこでもいいからそこそこいい会社に潜《もぐ》り込もう、という西条の態度に、泣かれた。私のことじゃなくて、自分がやりたいことや将来のことをもっと真面目に考えてよと怒られた。

　西条にしてみれば、自分の将来と彼女の将来は同じもののつもりだったので、怒られる意味がわからなかった。その時は。

「同じことを繰り返したくなくて、社会人になってからは、恋愛しないようにしてきたんだ。仕事始めたら始めたで楽しくて、落ち着いたら連絡取ろうなんて約束したけど、そういや彼女のことはすっかり忘れてたなあ……」

　相手について久々に思い出したのは、立花を好きになったと自覚した時だ。

　距離を置こうと実質上の別れを申し出られた時には、落ち込んだり悩んだりしたものの、それをすっかり失念していた。

　多分、格好悪すぎて、無意識に忘れようとしていたのだ。

「今となっては彼女に感謝するべきだろうなと思う。仕事は楽しいしさ。毎日残業で、ろくに残業代が出なくても」

　前に立花に言ったように、仕事の邪魔をするような人間や足を引っ張る人間が嫌いなのは、気を取られれば自分がそういうところに堕《お》ちる可能性があるせいなのかもしれないなと、西条が気づいたのも最近のことだ。要するに同族嫌悪というか、こっちは我慢しているというのに恥ずかしげもなくそんな醜態を晒《さら》す相手に対する嫉《ねた》みというのか。

そういう人間にならずにすんだのは、厳しかった彼女のおかげだろう。

立花への恋を自覚した今も、『六時に一度、帰りにもう少し長い時間立花に会える』というご褒美があるので、会社にいる間はしっかり仕事をするという自分への誓約が守れている。恋愛と仕事をきっちり分けていた五年間は無駄ではなかったらしい。

その五年が、もしかしたら立花に出会うための準備期間だったかもしれない……とか思った話は、さすがに自分でも夢見がちが過ぎると思ったので、言わずにおいた。

「俺の昔の恋の話は、これだけ。短いだろ?」

黙りっぱなしの立花に、西条は笑いながらそう言ってまとめた。

「……でももう、時間です」

西条の話は十五分足らずで終わったが、終電の時刻まで間もない。

「そうだな、帰るか」

頷いてベンチから腰を上げる西条の隣で、立花も、クマを握ったまま立ち上がった。

(今は、何考えてるんだろう?)

お互い仕事が終わったあとに使える時間はあまりに短くて、西条には物足りない。立花がいつも早く帰りたがっているように見えるのも、ちくちく心を刺した。

今日みたいに待っていてくれるのだから、会いたくないわけではないとわかってはいても。

「そうだ、尚太も、日曜日は休みなんだよな」

駅に向かい立花と並んで歩き出しながら、ふと思いついて西条は口を開いた。

シフトが変則的になって火曜日と水曜日も店に出ることになった分、土日は休みになったのだと、立花から聞いた覚えがある。

今日は金曜日だ。仕事が片づかなくて、西条は明日も午後から出勤になってしまったが、日曜日は完全なる休日だ。

「明後日、日曜に会わないか」

「日曜……」

相槌を打つ立花の声音が、少しぼんやりしている。西条がその顔を見遣ると、誘われて嬉しいというふうでもなく、どこか困惑した風情だった。

会うのが嫌で困っているのではないだろうし、嫌なら嫌で立花はきちんと断るだろう。

そう思って西条が大人しく返事を待っていると、駅構内に入って、改札に向かう長い階段を下りきった頃、立花がやっと答えた。

「夕方、五時からシフトが入っているので、それまでなら」

「何だ、今週は日曜も出勤なのか」

予定が変わったから返答に迷っていたらしいと、西条は納得した。

「じゃあたまには昼メシを一緒に。どこか行きたいところとか、あるか？」

「……」

立花はまた黙ってしまった。

噛み締めるような顔で考え込む横顔が、西条の目に奇妙に焼きついた。

今度は改札を抜けてホームに辿り着いた頃に、立花の口がまたようやく開く。

「待ち合わせて、映画を観て、食事を」

消え入りそうな立花の声に、西条は顔を綻《ほころ》ばせた。

絵に描いたようなデートプラン。それしか思いつかなかったのか、それを望んでいるのか。

どちらにせよ西条に異論はない。

いや、少しだけ訂正案だ。

「待ち合わせて、朝飯兼昼食喰って、映画観て、お茶は？」

その方が長く一緒にいられる。

西条の提案を聞いて、いつもどおり線路の方へ向けられていた立花の目が上がった。

西条を見上げた立花が、少しだけ笑う。

（――笑った）

ギリギリ泣くのを堪えるような笑顔に、西条は数秒言葉を失《な》くした。何も言えずにみとれた。

いっそ終電なんて逃してやればよかった、と思う。ホームにはこんな時間なのに他に人がいる。人目も気にせず立花を抱き締めてみようかと思い詰めてから、西条はどうにか堪えた。立花はきっと嫌がるだろう。

せっかくまた明日会えるのに、いきなり距離を詰めて警戒でもされては台無しだ、と冷静に考えられるようになったのは、五年の時間のたまもの。

やって来た電車に乗る間に、西条は立花と待ち合わせの場所や時間や、観たい映画について打ち合わせた。

「あ、そうだ、携帯」

今こそ連絡先を教えあった方がいいのではと思いついたのは、立花が降りる駅に電車が停まったあとだ。まったく間が抜けている。

名刺にメモでもして渡そうと急いでポケットを探る西条を見て、立花が小さく首を振った。

「俺、遅刻しませんから」

そう言って立花が電車を降りていく。

いつもは降車したあとは振り返りもせずさっさとホームを歩いていってしまう立花が、今日は電車のドア越しに西条を見て、小さく頭を下げてくれた。

たった今別れたばかりなのに、西条は明後日——もう明日だ——立花と会う時間が待ち遠しくて仕方ない気分になった。

◇◇◇

日曜日、宣言どおり、立花は遅刻しなかった。

西条の方も随分今日を楽しみにしていたせいで十分以上前に着いたのに、その時にはすでに待ち合わせ場所に立花の姿があった。

会う約束をしたのは、西条の会社やカフェのある駅から少し離れた、商業施設の多い大きな駅。

いつもとは違うロケーションで立花の姿を見るのは新鮮な感じがして、西条は始めからまた随分浮かれていた。

立花の方も、待ち合わせ場所で西条と合流した時から、いつものローテンションから一、二段階は高いところに気分があるような雰囲気に見えた。

西条は一応デートに誘った側の義務として昼食をとる場所をいくつかピックアップしておいたのだが、意外なことに、立花の方も「ネットで調べておいた」と言って、行きたい店を口にした。

意外だったが、それが西条にはやけに嬉しかった。

「隠れ家みたいな感じなのがいいなと思って」

駅から少し歩いたところにある、ジャンル不明の食堂で、古い日本家屋を改築して作った何というか風情のある店へと、立花が携帯電話の地図を片手に案内してくれた。

昼時よりも少し早い時間だったので店は空いていて、薄暗い感じや昭和を感じさせる内装が妙に落ち着く雰囲気で、ゆっくり話ができそうなところが、西条も気に入った。

「こういう店が好き？」

西条はカレーセットを、立花はスパゲッティを注文した。洋食屋のようなものなのかもしれない。

西条が訊ねると、立花が少し首を傾げた。

「好きというか……あんまり安っぽくないところで、でも入りやすそうなところを探して」

「自分がああいうカフェに勤めてる割に、小洒落《こじゃれ》た感じのところは落ち着かないのか」

「ベアが好きなだけで、店が好きなわけじゃないですから。嫌いでもないですけど、人が大勢出入りするところはあんまり……」

立花の鞄には、今日も例のブサイクグマのマスコットがぶら下がっている。

「苦手な接客も乗り越えるくらいだもんな。――そういや前に、ク……ベアのどこが好きかっていう話、途中になってたっけ」

西条は立花の椅子にかけられている鞄を見遣りながら、そのことを思い出した。確かクマから立花の性格の話になって、方向が逸れてしまったのだ。

「どこが好き?」

改めて訊ねると、立花がしばらくの間考え込む顔になってから、口を開いた。

「単純に、顔とか形が好きってこともあるんだろうけど……」

二人の間に置かれた水のグラスとおしぼりを見下ろして、立花が続ける。

「最初にベアを見た高校生の頃、あまり居場所がなくて」

店の中は静かだったから、抑揚の少ない立花の小さな声も、西条の耳にはよく届いた。

「物心ついた時から両親が揉めてる家で、かといって俺が親と揉めてるわけではなくて、むしろ俺の前だと二人ともお互いの仲の悪さを隠そうとするし、何か言えば子供は口を出すなって嫌がられて、蚊帳の外っていうか……俺がどう頑張っても届かないところに問題があるから、手の出しようがなかった」

目を伏せてぽつぽつと話す立花の顔を、西条は向かいから眺めた。

「学校では友達らしい友達もいなくて、それも誰かと喧嘩《けんか》したりあからさまに嫌われたり笑われたりする感じでもないから、学校に行くのが凄く嫌だってこともなくて、毎日ずっと薄暗い気分でいたのが、その時期一番ひどかったんです。家に帰りたくないから放課後ベアダックで勉強ついでに暇潰しして、でもあそこは同級生もよく使うから長居はできなくて、毎日ティーオレを一杯分」

「紅茶？　コーヒーじゃなくて？」

訊ねた西条に、立花が苦笑いのような表情になった。

「コーヒー、それほど好きじゃないから」

まるで松嶋のようだ、と思ったが、西条は水を差さないように黙って先を促した。

今は部下の話を持ち出すより、立花の話を聞きたい。

「それで、二年生の春に、日本一号店開店五周年のキャンペーンが始まったんです。すごく大きなベアのぬいぐるみが店に飾られてるのをみつけて、それまでもベアは可愛いなと思って気に入ってたから、店に通ってたんだけど……一メートル以上あるのが小さい椅子にどっしり座ってる姿を見たら、こう、電撃に打たれるというか」

その時のことを思い出したのか、立花が小さく溜息をついた。

本当によほど衝撃だったのだろうと想像がついて、西条は笑みを零す。

「思い切って店の人に聞いたら、非売品だから譲ることはできないって言われて。でもどうしてもそれが欲しくて喰い下がって、人生であれほどまでになりふり構わず必死に何かを欲しがったことなんかないってくらい強引に頼み込んで、本社にも問い合わせて、時間はかかったけど、最終的に無理矢理買い取りました」

カフェの店員に一生懸命交渉したり、本社にまで緊張しながら電話やメールをする高校時代の立花を想像して、西条はますます表情を綻ばせた。

きっとその時の立花は、必死で、いじらしかっただろうなと思う。

「じゃあ、そのぬいぐるみは宝物？」

「……」

立花が、微かに気恥ずかしそうな様子になりながら頷いた。

「あいつが自分の部屋にいる限り、世の中にそう辛いことはないって気持ちになれた。今でも、あの顔を見てるだけで、悩んでることとも、暗い気持ちになるようなできごと全部、忘れられるし。……だから、そういうところが、好きです」

このことを話そうとして、立花は最初黙り込んでいたのだろう。

どう話すか、話すべきか、迷った末に西条に教えてくれたのだ。

そのことにひっそりと西条が感動していると、立花が大きく息を吐き出した。

「こんなの、人に初めて話した」

そう呟く立花は、どこか開き直ったような、すっきりとした表情をしている。

彼の全体を覆っていた『薄暗さ』のようなものが払拭されて、そうすると元々持っている作りの端正さが際立つ感じで、西条は立花の姿に目を奪われる。

「そうか。話してくれて、ありがとうな」

自然と西条がそう言ったら、立花は驚いた顔で小さく目を見開いた。

驚いた様子に西条の方も驚いていたら、困惑した表情で目を逸らされてしまった。

「お待たせしました、カレーのお客様」

「あ、はい」

そのタイミングで料理がやってきて、会話が途切れた。

料理は随分美味しくて、その称賛や、食べ物のことに話題が移り、もう少し深く立花の話を聞きたい西条は物足りない気分になった。

（でもそう焦ることもないか）

ゆっくり立花のことを知るのも楽しみではある。こうして会う機会がこれからいくらでもあるだろうし、少しずつやっていこうと思いながら、西条は立花との食事を終えた。西条は奢りたかったが、立花は頑として自分の分は自分で払うと言い張って譲らず、結局割り勘になった。

店を出たあとは、予定どおり駅の方へ戻って、映画館へと向かう。座席はすでに西条がインターネットで押さえてあった。

これも、西条はチケット代くらい負担しようと思ったのに、立花はきっちりと札と小銭を手渡してきた。

「いいのに。俺のカードで買ったからポイントもつくし」

「借りを作りたくないので」

西条は曲がりなりにもデートのつもりだったので、こうもきっぱり言われると面喰らう。しかし大学時代に恋人も『女だからといって奢られる理由にはならない』と言い切るタイプだったので、その方が相手の意志を尊重することになるのならと、しぶしぶ引き下がった。

映画は大失敗だった。全米ナンバーワンヒットという謳《うた》い文句など信用するものではないが、それにしてもひどい内容で、起承転結の結らしい部分もないままエンディングロールが出た瞬間、西条は思わず隣に座る立花を見た。立花も西条を見て目を丸くしていた。

「終わりですか？」

「終わりみたいだ」

あまりにつまらなかったので、同じ映画を観ていた人たちが、劇場を出る間にも怒りに満ちた感想を口々話しているくらいだった。

「ものすごくつまらなかったな」

「衝撃でした」

退屈な内容というよりは、現実離れした怒濤《どとう》の展開が続くアクションもの、しかもオチがない……という内容だったので、観終わったあとは白けるよりも興奮してきてしまうくらいだ。

「記念にパンフレットを買ってきます」

立花はそう言って売店で買い物をしていた。つまらなかった映画の記念かと、西条は笑ってしまう。確かに記念に覚えておきたくなるくらいひどい映画だった。

「しかしちょっとすごすぎた。話題になってるからって適当に選ぶもんじゃないな、どういう意味で話題になってるのかもちゃんと調べないと」

やけに大事そうにパンフレットの入った袋を片腕で抱いている立花と並んで映画館を出ながら、西条はしみじみとそう言った。

「映画なんか久しぶりだったから、すっかり疎くなってたよ。次はもうちょっとちゃんとリサーチしてから来ような」

溜息交じりに言った西条に、立花はただ苦笑いしていた。

まあ笑うしかないよなと思いつつ、西条は苦笑であっても立花の表情が動いていることに、気分がよくなった。つまらない映画もそう悪くなかったかもしれない。

映画館を出たあとは、目について空いていそうな店に入って、お茶を飲んだ。

「ベアダックには入れなくて残念だったな」

映画館のそばにはベアダックカフェがあったが、駅と映画館のそばという好立地のおかげで混み合っていた。西条と立花が入ったのは、チェーン店ではなく個人経営らしき雰囲気の喫茶店だ。

「いいですよ、ベアはあるし……」

からかう口調で言った西条に、立花が少しだけ拗《す》ねた口調で言いながら、自分の鞄につけているクマを触った。

拗ねる立花、というのも新鮮だ。

食事の時から思っていたが、今日の立花は、いつもよりもかなり肩の力が抜けている。

「一日ベアのいる部屋に引き籠もってるわけにはいかないし、うちのベアを抱えて歩くわけにはいかないから、次善策としてカフェで働いてるんです」

言葉数も、普段よりずっと多かった。軽口、と言えるようなものまで。

「じゃあ本命は、家にいるクマ？」

またからかうつもりで言った西条に、立花は迷うふうもなく頷く。

「はい。クマじゃなくて、ベアですけど」

「ふーん……」

これには、西条は少しおもしろくない気分になった。

（本命は西条さん、とか言うキャラじゃないのはわかってるけど）

クマに妬《や》くなんて馬鹿馬鹿しすぎるので、さすがに口に出しては言わなかったが。

「……あの？」

それでも仏頂面になって頬杖をつき、窓の外に目を向けていたら、遠慮がちな声が聞こえてきた。

ちらりと見遣ると、立花が戸惑ったような、不安気な顔で西条のことを見ていた。

(――本命はブサイクグマでも、俺が気分を害したんじゃないかと思ったら、怯える程度には俺が好きと)

それに快感を覚えてしまうことも含めて、大人げなさを反省しながら、西条は立花に笑って見せた。

「ごめん、何でもない」

「……」

映画館を出てからはずっと顔を上げていた立花が、また目を伏せてしまった。

もう一度、自分の思慮のなさを西条は悔やむ。

今までも立花の考えや感情が知りたくて、相手の気持ちをつつくようなことをしてきたが、今日の彼はいつもよりずっとわかりやすい態度や言葉を示してくれていたのに。

「今度尚太の家のぬいぐるみを見てみたいな。どれくらい大きいのか」

立花の気分を明るくしたくて、西条は彼の好きなものの話題をまた口にする。

「……ひきますよ」

立花はどことなく淋しそうな顔で首を振って拒んだ。

「ひかないよ」

結局、雰囲気が戻らないままお茶を飲み、気づけば時計が四時を回っていた。

「そろそろ、店に行かないと」

「あれ、もうそんな時間か？」

携帯電話を見た立花からの申告に、西条は驚いた。昼前に会ってからあっという間だった。

名残惜しい気分で、西条は立花と一緒に喫茶店を出た。駅に向かって並んで歩く。

「今日休みだったらよかったのにな、尚太も」

「どうしても、今日は行かないといけないから……」

残念だったが、立花の方にも口調や表情に未練が見える気がしたので、西条は愚痴《ぐち》を言わずにすんだ。

それでもこのまま別れるのが忍びがたく、駅構内に入るための大きな階段を上る直前で、立花の手を掴んでしまう。

「え──」

驚いた立花の表情を見る前に、強引な力で西条はその腕を引いた。

もしも喫茶店でも和やかな空気のまま立花との逢瀬《おうせ》が終わったのであれば、もっと気軽に別れることができただろう。

あれから立花がどことなくうわの空になっていたのが気になっていた。

まるで、できるだけ早く自分から遠離りたいと思っているような態度に感じられて、だけど自分を好きな立花がそんなことを考えるはずはないから、違うという確信が西条には欲しかった。

「あの、何ですか」

当惑したような立花の声。西条は辺りを見回し、駅の建物の脇、放置自転車と古びた自販機のある辺りへとその腕を引っ張ったまま進んだ。

線路沿いの小径《こみち》には人影がない。自販機は建物の窪《くぼ》みになっているところに据えられていて、西条は立花を自販機の陰に隠すように押し遣った。

立花が何かを言うより早く、道を背にして、相手の細い体を抱き締める。

「……っ」

驚いて息を呑む立花の体が、西条の腕の中でがちがちに固まった。石のように硬直する。西条と立花の体の間には、立花が肩から提げている鞄が挟まって、密着の邪魔をしていた。

脚に当たってごつごつしている小さいものは、多分クマの飾りだ。

呑んだ息を吐き出せない様子で固まったままの立花の耳に、西条はそっと唇を寄せた。

「クマ……ベアと俺、どっちが好き?」

たかが五年で、恋に目が眩《くら》む性格が綺麗に矯正されるわけがないのだと、頭の片隅で西条は自分自身を嗤う。

最高に大人げないことを訊ねた自覚はあった。

西条の腕の中で、立花が小さく身動《みじろ》いだ。

逃げようとしている動きだと気づいて、西条は相手の体を抱く腕に力を籠めた。

「どっち?」

「ベアです」

どことなく、怒った響きの立花の返答が聞こえた。

「嘘だろ?」

言わせておいて、西条はその答えを信じることができない。

「本当に、俺はベアより嫌い?」

立花が消え入りそうな声で何か呟いた。多分「ひどい」だ。

確かにひどい、卑怯《ひきょう》な問い方だと、西条だって思う。

「どこが嫌い?」

「……ベアと一緒にいて苦しくなったりしない」

さっきと同じように、掠《かす》れた立花の声を、西条は聞き漏らさなかった。

「俺といると苦しい？」

訊ねると、小さな頷きが返ってくる。

「……気持ちが動き過ぎて、辛い。言葉にも態度にも」

それは、西条の耳には、クマよりも自分の方が好きだという告白にしか聞こえない。

「好きにならなければよかった」

立花は辛そうなのに、その言葉にも喜びを感じる自分は、実際ひどい人間なのかもしれないなと思った。

一度好きになってしまえば、あとはどれほどその心を失くしてしまいたいと願っても、不可能なことを西条は知っている。好きにならなければよかったと、西条も昔何度も思った。つき合っていた相手から別れを告げられた時。

想いが生まれてしまったことを悔やむのは、その気持ちが他の何に対するものよりも強いせいだ。

「……」

立花は黙り込んでしまった。

西条はしばらくの間、固まったままの立花の体を抱き続け、抱き返してもらえないことに寂しさを覚えながら、手を離した。離すのは嫌だったが、立花はもう行かなくてはいけない。

離れる時、立花が小さく吐息を漏らしていた。未練なのか安堵だったのかは、西条に推し量ることができなかった。

両方かもしれない。

「……今日、ありがとうございました」

西条が立花の前から身を引くと、小さな声が聞こえた。

「こっちこそ。つき合ってくれて、ありがとうな。楽しかった」

応えた西条に、立花が小さく頭を下げて、その場から歩き出した。

あとは振り返らず、今度こそ駅の方へと歩いて行く。

西条も家に帰るなら電車に乗らなくてはならないが、今は何となく立花の姿を眺めていたくて、その場に留まった。

(ちょっとはこっちの気持ちが伝わってりゃいいんだけど)

何となく淋しそうに見える立花の後ろ姿に視線を向けながら、西条は一人苦笑を浮かべる。今日のデートが成功したのか失敗したのか、よくわからなかった。立花は楽しんでいるように見えたし、そうじゃないふうにも見えた。

階段のある方に道を折れて、立花の姿は西条の視界から消えた。

(好きだ、ってはっきり言っても、また『は？』とか『何で？』だの言われそうだな)

本当は今日、立花に気持ちを告げるつもりだった。少なくとも映画を観終えたあとくらいまでは、いけそうかなと思っていた。

だがタイミングを逸してしまった。

(もしさっき抱き返してくれたら、すんなり言えたんだろうけど……)

立花と一緒にいる時、西条は自分と相手の間に障壁があるように思えることがある。以前にも感じた『シャッターが閉まっている』感じだ。

向こうから好きだと告白してきて、そのせいで——おかげで、西条の方は久しぶりに恋をする楽しさや厄介さを思い出して、毎日すっかり浮き足立っているというのに。

立花の方は、どうも遠くから石を投げて西条の中に波紋を広げておきながら、その波紋がどんな形になったのか確認もしない様子に見える。

(というか、投げた石が俺に当たったことに気づいてもいないのか？)

といってこちらから波紋を見せつけたりすれば、その形ではなく、西条の中を波立てたことに驚いて、怯えて、謝りながら逃げてしまいそうだ。

実際あの告白のあと、立花は何度も西条に向けて謝ってきた。

謝ってほしいわけではないと、同じだけ答えても、ちっとも通じない。

(……時間をかけないといけないんだろうなあ)

やっぱり動物を手なずけるやり方に似ている、と西条は以前松嶋に向けて言った自分の言葉を思い出しながら考えた。自分にしか懐かない猫。懐いた、などと言い切るのは早すぎただろう。こっちが何もせずじっとしていれば近づいて来るのに、少しでも身動ぎすれば、結局逃げられてしまう。

警戒心が強いのは、痛い目に遭ったことがあるからだ。人に慣れない猫も、立花も。

立花が学生時代の話をしてくれたことが、西条にはやっぱり嬉しかった。友達とも家族とも馴染《なじ》めないまま大人になったのなら、相手に近づくやり方がわからないのは仕方ないのかもしれない。

(明日からも毎日店に通って、一緒に帰って、時間が合えばデートして)

それを繰り返すしかないと思う。

時間をかけてゆっくりと、自分の隣に西条がいることに立花が慣れて、それをあたりまえだと思ってくれれば、それで成功だ。

(よし、気長にいくぞ)

元々気が短い方ではないし、何より立花の方も自分を好きだとわかっているから、決心は割合簡単についた。

少し考え込んでしまったが、決めることを決めると気楽になり、西条は次はどのタイミングで立花をデートに誘ってどこに連れていこうか、などと思いを巡らせながら、もう少し街をぶらつくことにした。

◇◇◇

「あの、立花さん、これスタッフ一同からです」

接客のシフトを終えて、フロアから下がりスタッフ用の控え室に戻ったところで呼び止められた。

振り返ると、大学生のアルバイトが二人、遠慮がちな様子で小さな花かごを差し出してきた。

「今日で終わりと聞いたので……お疲れ様でした」

スタッフが辞める時に、残った人たちが金銭を出し合って餞別《せんべつ》を贈るのは、この店舗での習わしだ。立花も今まで二回ほど、小銭を徴収されたことがある。

単なる習慣であって、以前『立花さんに嫌われている』と気に病んでいた女子スタッフがおずおずと花を差し出しているのは、嫌な役を押しつけられた結果かもしれない。

それでも立花は花をもらうのが素直に嬉しくて、少し笑いながらそれを受け取った。

「どうもありがとうございました。今後も店の方、よろしくお願いします」

微かにだが笑った立花を見て、アルバイト二人共が驚いた表情になってお互い目を見交わし、それから彼女たちも笑って頷いた。

「本社でも頑張ってください」

そう言ってくれた二人に小さく頭を下げて控え室を出ると、立花は男性用のロッカー室に移動した。広くはないスペース。他にスタッフの姿はない。

(今日は、いい日だ)

ロッカーを開けて、丁寧に花を中に置き、制服から私服へと着替えながら立花は思う。

(西条さんと出かけて、無事に接客の研修が終わって、花までもらった)

今日がこの店で働く最後の日だった。

明日からは、本社での研修になる。

(ちゃんと終われた)

金曜の就業時間後、西条に会うのもこれで最後だからと、約束よりも随分と遅れて現れた彼をずっと待っていた。

夕方の時点で、『店で姿を見るのはこれで最後』と、いつもどおり買い物に来た西条の姿を目に焼き付けてはおいたが——やっぱり会いたくて、待ち続けてしまった。

最初の頃は、自分の気持ちを伝えるだけで満足だと思っていたのに、いつの間にか欲深くなってしまった。

それを西条には見透かされたのかもしれない。

あの日、ベンチで西条とした恋の話を、立花は一生忘れないと思う。

『いつも片想い？』

そう聞かれた。そのとおりだ。恋未満の相手の時も、西条の時も、いつも片想いだ。

（心配しないでも、ちゃんとわかってる）

わかっていたのに、念を押されたのは少し辛かった。西条と自分がまるで違うことも理解していたつもりだったが、彼がつき合ってきた恋人との話を聞くのも辛かった。

辛かったが、思い切るいい切っ掛けにはなってくれた。

西条は女性だけを恋愛対象にする人だ。どうやっても自分とは相容れない。それにそもそも、恋をする気はないと何度も言われた。今は仕事が楽しいから、恋愛に時間を割きたくないと、最初から西条は言っていた。

（なのに俺のために、わざわざ時間を割いて出かけてくれたんだ）

とてもいい人だな、と改めて思う。

親切で、優しくて、そして果てしなく残酷だ。

(でも思い出ができた)

ロッカーの中の花、そのそばに立てかけてある映画のパンフレットを見下ろして、立花は少し笑った。

西条とのデートの記念だ。デート、などと心の中ですら表現するのは怖かったが、立花は今くらいいいだろうと、あえてそう考えた。最初で最後のデート。食事に映画、なんてあからさまで陳腐《ちんぷ》なデートコースを提案しても、西条は嫌な顔ひとつせずに頷いてくれた。もしかしたらあまりに可哀想《かわいそう》なので、断れなかったのかもしれない。

西条は知人同士でただ遊んだだけとか、よくて暇潰しの相手に選んでくれただけかもしれないけれど、立花は一人で勝手にデートの気分になっておいた。それも見透かされていたとしても構わない。どうせ今日だけのことだ。告白した時と同じ気分だった。失敗しても、明日からはもう西条と会うこともない。気後れするより、遠慮せず楽しもうと決めて、そうした。

(西条さんにもおもしろがってもらえてたんなら、いいけど)

最後の最後でまたからかわれてしまったことを思い出すと、胃が痛む。

胃じゃなくて、腹とか、胸とかかもしれないが。

抱き締められた時は頭が真っ白になった。おまけに、ベアと自分とどっちが好きかなんて、西条は本当にひどいことを訊ねる。うろたえて、取り乱す自分を見るのは、さぞかしおもしろかっただろう。

ああやってからかわれるのはこの数週間辛かったが、でもそういうおもしろ味でもなければ西条が一緒にいてくれることもなかったんだろうし、トータルで見れば自分ばかりが倖《しあわ》せだったと思う。

（名前も呼んでもらえたし）

両親以外で立花のことを名前で呼ぶ人なんて、今までいなかった。

西条の声で『尚太』と呼ばれるたびに、初めてそうされた時のように心臓が撥ねて、死にそうなくらい幸福だった。

生まれて初めて好きな人に告白して、デートをして、名前を呼んでもらって、罰が当たりそうなくらい本当に幸福だ。

西条にちゃんとお礼も言えた。上出来だ。

（……なのに、どうして）

着替え終え、ロッカーから荷物を引っ張り出した時、鞄にぶら下げた小さなベアと目が合った。

「……どうしてこんな、痛いんだろうな」

世の中に辛いことなど何もない、という顔をしたベアに小さな声で訊ねてみても、返事は返ってこない。

「訊かれても困るよな」

黙りっぱなしのベアにもう一度呟き、立花はパンフレットと花かごを大事に抱えるとロッカーを閉め、八ヵ月勤めた店を出て行った。

6

予測はしていたが、バリスタとして店に出るよりも、本社での仕事の方がよほど気が楽だし、立花の性に合っていた。

希望はベアダックのグッズやキャンペーンに関連した部署だったが、今はまだ研修扱いのまま、店舗のマネジメントについて叩き込まれ、シミュレーションのレポートを作ったり、ひたすら数字を見たり、合間に上司から押しつけられる雑用をこなしたりで、一日があっという間に過ぎていく。

会社は研修中の社員には残業させない方針で、六時になると社を出なくてはいけないのが、立花には少しだけ不満だった。

どうせなら馬鹿みたいに働かされて、何も考えずにいられた方がよかったのに。

（自分で思ってたより、しつこかった）

今日もきっちり六時で仕事を終えて、寄る場所もなくまっすぐ家に帰る。元々本社に近いところに部屋を借りていたので、カフェに通っていた頃よりも通勤時間が短く楽になった。

覚えなくてはならないことがまだまだあるので、帰宅しても資料やノートパソコンを開いてはいたが、あまりやる気が起きず、立花は資料を放り出すとベッドの上にひっくり返った。

「怠い……」

会社にいる時は慣れない仕事と人に緊張するが、自分の部屋ではこの有様だ。

新年度の四月に入り、本社に移ってから十日。

会社にいる時はもうそんなに経ったのかと驚くくらいなのに、家に一人でいると、まだそれだけしか経っていないのかと驚く矛盾《むじゅん》。

(西条さんと会ってた時間の分を追い越せば、マシになるかもしれない)

最初に店の前で仕事帰りの西条と遭遇した時から、立花があの店での研修が終えるまで、三週間だった。

あと十日くらい経てば、こんな気分から解放されるだろうか。

されればいいと願うのに、でも、される気がさっぱりしなかった。

何だか学生の頃みたいだ、と思う。ベアに出会う前までの自分を思い出す。毎日毎日気が重たくて、薄暗いものに全身が包まれている感じばかり味わっていた時代。

(あれよりひどい)

あの頃は理由がなかった。両親が不仲なのは嬉しくなかったが、彼らとわかり合いたいとかわかり合えるとか、そういう期待を持ったことはない。友達がいないことにも不満は感じなかった。一人は気楽で、ただ一人だと居場所がないことに困りはした。自分が何なのかがわからなかった。家族の問題から弾かれている自分。クラスの輪にも部活の輪にも放課後の遊びの輪にも入れない自分。どこにいても落ち着かない感じ。

ベアと出会ってからは変わった。ベアに関わるためにカフェの経営会社に就職するという夢ができて、そのために勉強したし、就職活動も頑張った。夢が叶って店に出るようになってからは、苦手な接客もそれほど苦に感じなかった。家には巨大ベアがいて、店はベアグッズやロゴマークに溢れていて、充実していた。

今だって、やがてはベアの企画に直接関わる部署に入るという希望がある。

なのにどうしても、決定的に、足りないものが自分の中にあるとわかってしまう。

「……やっぱり贅沢を味わい過ぎたんだよな」

呟いて、立花は手探りで枕許の巨大ベアに触れた。腕を取り、自分の方へと引っ張り寄せる。

どこを見ているのかわからない目、笑っているのかぽかんと口を開けているだけなのか謎の表情。見慣れた可愛い顔を見て、立花は表情を緩ませた。

だがそれも、数秒保たない。

「おまえがいてくれれば大丈夫なはずなのに」

呼び掛けても、ベアは何も答えない。あたりまえだ。

でも立花はそれが強烈に淋しく思えて、力一杯ベアの体を抱き締めた。

(もう西条さんのことばっかり考えるの、やめたい——)

家にいて、何をしていても、西条のことを思い出すことを、どうすればやめられるのかが立花は知りたかった。

西条が話してくれたことだとか、一緒に食べた料理の味だとか、声だとか、表情だとか——抱き締めてきた時の感触だとか。

好きな人のことだから忘れないようによく覚えておこうと、西条といた時には思った。ベアグッズみたいに、出た数だけ集めて、綺麗にコレクションケースに並べて、眺めるだけで満たされた心地になる予定だった。

(全然倖せになれない)

映画のパンフレットは、クローゼットの奥に隠した。表紙を見ても中をめくっても、胸が苦しくなるばかりだった。

足りないもののことにどうしても気持ちが向く。ベアだけじゃ足りない。理由のない倦《けん》怠《たい》感《かん》は全部ベアが拭ってくれたのに、西条の代わりにまではなってくれない。

（どうせ好きになってもらえないなら、目の前にいてもいなくても一緒だと思ったのに）

日を追うごとに西条に会いたくて、会いたくて、声が聞きたくて、毎日泣きそうだ。

この感じにいつか慣れてしまうことを必死に願いながら、立花はベアを抱き締める腕に力を籠めた。

◇◇◇

時間が解決してくれるという立花の希望は、結局毎日裏切られ続けている。

本社勤務になって二週間が過ぎた。今日は金曜日で、明日は休みだから呑みに行こうと上司に誘われ、立花は気乗りしないままそれを受けた。

同じ部署の上司や先輩や研修中の社員、十人近くが集まると聞いて、普段の立花なら理由もつけずに断っただろう。

だが家で一人鬱々と西条のことばかり考えているよりはマシだと思ったのだ。

「立花君、全然顔色変わらないわねえ」

勧められるまま何杯もビールを飲んだが、気分も体調も変化しない。上司には感心されてしまった。

いっそ泥酔して思考なんて奪われてしまえと思うのに、立花はちっとも酔った気がしない。

集まりは和気《わき》藹々《あいあい》とした雰囲気だった。女性の社員が気を回して酒を注いだり、追加を頼んだり、料理を取り分けたりしてくれるから、新入りの分際で立花が座りこけていても、呆れられもしない。

「ライチサワー頼んだ人ー」

「はーい。あ、こっち唐揚げあとひとつだから、空けちゃいましょう」

「ごめんちょっと、醤油《しょうゆ》取って」

みんな楽しそうに酒を飲んだり、料理を食べたり、話をしている。立花のように、本社に来て半月という新人が他に二人いるのに、二人ともすっかり馴染んだ様子で先輩たちとつき合い、先輩たちも新入りの面倒をよく見て、上司は鷹揚にそれを見守る感じ。職場でもいつもこんな空気だった。

黙りっぱなしの立花に、「もっと混じってこいよ」とか、「空気読めよ」とか学生時代のように急き立ててくる人もいない。だから覚悟していたよりも居心地は悪くない。

ただ、何か無性に淋しくなった。

職場の仲間に混じれないことがではない。

今ここに、西条がいないことについて、どうしても考えてしまう。

（俺の会社の呑み会なんだから、西条さんがいるわけないのに）

結局会いたいだけだ。

ビールをグラスに自分で注いだり、注がれたりするたび、この一杯で酔いますようにと思い続けて、結局その望みは叶わないまま、集まりがお開きになった。

「それじゃあまた月曜日にね」

「お疲れ様でした」

最後まで打ち解けた空気のまま、それぞれ駅やバスやタクシーへと別れる。立花は何人かと一緒に駅に向かい、電車に乗り込んだ。

他の人たちの話を聞きつつ電車に揺られながらも、立花はどうしても西条のことばかり考える。西条と並んで座席に腰を下ろし、すぐ隣、間近でその声が聞こえてくる幸福や胸苦しさとか。鞄につけたベアの鼻面を、横から手を伸ばしてきた西条の指が無遠慮につつき、「こいつ本当にブサイクだなあ」と呟いた時の憤りとか。

（可愛い、って言ったくせに）

立花が初めて店で、マニュアル以外の声をかけた時。今度新色が出るからと言ったら、これも可愛いからと西条が答えた。

あのやりとりがなかったら、立花が思いあまって、予定より一ヵ月も前に告白すること
なんてなかっただろう。

（……でもあの人、俺のことだってそう言ってたし）

告白しなければ、そのあとの数週間、一緒にいる喜びも辛さも味わわずにすんだ。

（そういうのを簡単に口にできる人で――だから簡単に俺に声をかけて、誘ったりとか）

今日もまた同じことを考えてしまう。

（全然『記念告白』にならなかった）

言ってすっきりするつもりが、気持ちばかり募って、未練を引き摺っている。

（欲深すぎて気持ちが悪い）

「立花？　大丈夫か？　具合悪そうだぞ」

他の新入社員と話していた先輩社員が、吊革に摑まったまま口許を押さえる立花に気づいて、心配そうに声をかけてきた。

「座るか？　あそこひとつ空いてるし。おまえ結構呑んでたもんなあ」

「……いえ、平気です」

悪酔いして気分が悪くなったのだという誤解を、立花は解かずにおいた。先輩たちは気懸かりそうにしていたが、彼らの方が降りる駅が先で、立花は一人電車に残った。

呑み会が終わり、今は九時過ぎ。

ここから自宅マンションのある駅までは、あと十五分くらい。

——そこからあのカフェのある駅までは、乗り換えを入れて、一時間弱。

「……」

考え込んでいるうちに、マンション最寄りの駅に着いた。

立花が吊革に摑まったまま動かずにいるうちに、開いた電車のドアが閉じた。

（会えるわけないだろうけど……）

店にいた頃、閉店作業を終えて十一時近くに店を出ると、西条に会えた。

西条から声をかけられるようになる前も、そのくらいの時間に相手の姿を店の周辺や駅で見かけた。

座席が空いていても突っ立ったまま、立花は電車に乗り続けた。

乗り継ぎ駅で降りて、別の電車に乗る。

思ったよりも乗り換えがスムーズにいって、カフェに通う間で馴染んだ駅に着いたのは、十時になる数分前だった。

改札を出て、顔を伏せながら歩く。真正面から西条に会いたいとは思わなかった。どんな顔をしたらいいのかわからない。西条の姿なら、きっと歩き方や脚の形だけでもわかる気がする。

ホームを目指すまばらな客たちの中に、西条をみつけられないまま、駅構内を出てしまった。

(店の前を、通るかもしれない)

そんなに上手くいくはずないと理性的なところではわかっているのに、立花は足を止められず、のろのろとカフェの方へ進んでいた。

この時間だから勿論空は暗いが、駅前の広場は外灯やまだ開いている店の明かりで照らされている。

物陰に棒立ちでいるのも怪しいだろうからと、立花はカフェの向かいにあるベンチに移動した。以前にも、予告した時間に遅れた西条を待つために使ったベンチ。ここならそれほど目立たないはずだ。そう思って、そのベンチに腰を下ろす。

西条がまだ会社にいるのか、それとももうとっくに帰ってしまったのか、わからない。

先月は年度末だから忙しいと言っていた。すでに新年度になっていたから、もしかしたら今はそれほどひどい残業をしなくてもいい時期かもしれない。

(歩いてる姿だけ見られたら、それだけでいいのに)

それだけ、と言いつつ、とても贅沢なことな気もする。

でも言葉を交わしたり目を合わせたりなんてしなくていいから、遠目にちらりとでも西条を見ることをできれば、それで充分倖せで――

（……充分な、はずなのに）

そんなの嘘だと、本当はわかっている。西条の姿を見たいわけではない。会いたいのだ。だからここまで来てしまった。

（でも西条さんは、もう俺のことなんて忘れているかもしれない）

二週間、とてもとても長かった。立花にとっては辛い時間だったけれど、西条にとってはあっという間だったかもしれない。

さすがに顔と名前を忘れるなどということはないだろうが、もし顔を合わせても、「あれ、どうしたの、久しぶり」なんて気さくに声をかけられたら、どう答えればいいのか。うまく笑える自信も、受け答えをする自信もない。

会うのは怖いのに、でも会いたい。

だからやっぱり、遠目に姿を見るだけでいい。

でも一言でいいから声が聞きたい。

逡巡《しゅんじゅん》を繰り返しながらベアを握り締めているうち、正面でフッと明かりが消えた。カフェが閉店し、フロアの清掃も終えて、いくつか照明が落とされたのだ。

何となくカフェの方へ視線を向けてから、再び駅の反対方面へと待ち人の姿を探すために首を巡らせた立花は——そのまま動きを止めた。

「……。尚太?」

ベンチの横、数メートル離れた場所に、西条がいた。

会社帰りのスーツ姿。

懐かしくて泣きたくなる。

「西条さ——」

無意識にその名を呼び返そうとした立花は、西条が大股に自分の方へ歩み寄る姿を見て、反射的に立ち上がった。

逃げ腰になるのは、会うのが怖いとか、そういうことではない。

西条が見るからに怒り狂った形相でずんずんとこちらにやってくるから、ただただ、その顔が怖ろしかったのだ。

「あっ」

あとはもう、何を考える間もなく、立花はベンチから逃げ出していた。正真正銘『逃げる』という表現がぴったりな有様で、駅の方へと走り出す。西条が憤ったように声を上げるのが背後で聞こえたが、それで余計怖くなって、全速力で逃げた。

「待て！」

西条も走り出した気配がする。思わず振り返ると、相手も全力の走りで追いかけてくる。

立花はますます怖くなって、死に物狂いで腕を振った。

「何で逃げるんだ尚太！」

スーツ姿で全力疾走する男二人に、駅へ向かう他の客たちが、怪訝そうな視線を向けていた。

立花はそれに構っていられない。

「こ、怖い！」

「あァ!?」

駅構内に入り込めば摑まる、そう悟って、立花は何度も道を折れ曲がり、ベアダックカフェの周りをぐるぐる回るような格好になってしまう。

西条はしつこくて、ちっとも振り切れず、結局先に立花の体力が尽きた。

「も……元サッカー部舐《な》めんじゃねえぞ……」

店の裏手で、ぜいぜいと肩で息をしながら、西条の手はしっかりと立花の手首を摑んでいる。

元サッカー部なのか——とこの期《ご》に及んで西条の情報を手に入れて喜んでいる自分が、

立花には馬鹿みたいに思えた。

「何で逃げるんだよ」

どうにか息を整えて、西条がもう一度問いかけてくる。

「……」

立花の方はまだ息切れしていて、答えられない。西条に手を取られた状態で、背を向けたまま、振り返ることもできない。

はぁ、と大きな溜息の声が聞こえて、立花はびくっと体を震わせた。

「尚太、こっち見ろ」

西条が、命令系のぶっきらぼうな声で自分に対して何かを言うなど、今までありえなかった。

とにかく相手が怒っているのがわかるので、立花は体が竦んで動けない。

誰かに叱責されたり呆れた目を向けられることには、情けない話慣れていたので、いつもなら諦めに似た気持ちで相手に応対することができたのに。

「尚太」

軽く腕を引かれて、立花は覚悟を決めると、のろのろと西条の方を振り返った。

西条はやっぱり不機嫌を越えた怒りの表情で立花を睨《にら》みつけている。

しかしなぜ彼がここまで怒り狂っているのかわからず、立花は途方に暮れる。

何をどう訊ねればいいのかまとまらないまま、しかし黙っているのも気まずくて、立花は緊張と混乱でぐるぐるしながら口を開いた。

「……あの……」

どうにか言葉を紡がなくてはと内心焦燥する立花に向けて、西条がスッと片手を挙げた。

殴られる、と思わず目を瞑って身を竦めた立花は、額に衝撃を感じてすぐに目を開けた。

「痛っ！　えっ？　……!?」

目の前に西条の掌《てのひら》がある。

殴られたというより、叩かれた。いや、叩いたわけでもなく、掌で突いたという方が近いやり方で、大して痛くもなかったが、とにかく面喰らって、立花は声を上げた。

「あのっ、え、何ですか、これ」

「何笑ってたんだよ」

西条が、冷淡な調子で問いかけてくる。

立花はますます混乱してしまった。

「笑……？　え？」

この状況で、自分のどこに笑顔など見えたのかと、呆気に取られる。言いがかりをつけられた気分だ。謂《いわ》れない暴力に抗議しようと思ったが、しかし不機嫌な顔でこちらを見ている西条に、その気が潰える。

「さっき、ベンチで。人の顔見るなり笑っただろ」

「え……」

そんなの、自覚してなかった。

西条の姿を見た途端、胸が一杯になって、泣きたい気分になったのは覚えているが——。

やっぱり言いがかりじゃないだろうかと悩む立花を見て、西条がまた大きな溜息をつく。

「俺を見てあんなに嬉しそうに笑うくせに、どうして逃げるんだよ」

「……いや……だから……怖くて……」

「何が」

「……西条さんの、顔……が？」

「はぁ？」

思い切り顔を顰《しか》めて問い返され、立花は首を竦めた。

「怒ってるから……」

「そりゃ、怒るに決まってんだろ」

西条は立花の手首を握ったままで、締めつけるようにしているから、痛い。

「あの、手、離してくれませんか」

「嫌だ」

頼んだ立花に、西条の返答はにべもない。

「離したらまた逃げるだろ」

「……まあ、逃げるかもしれませんけど——痛！　痛い！」

さらにギリギリと手首を締められて、立花はたまらず悲鳴をあげた。

「痛いって言ってるでしょう!?　何なんですかもう！」

さすがに腹が立ってきて、滅多になく、声を荒げてしまう。

「どうして西条さんに怒られないといけないんですか、はたいたり、やめてくださいよ」

「フラれた腹いせだ」

西条の指の力は、すぐに弱まった。

だがそのせいではなく、彼の言葉のせいで、立花の瞬間的な怒りは逸らされた。

「……え……」

「フラれるのはこれで四度目だ」

不機嫌な顔のまま、西条が続ける。

「毎回相手に逃げられる」

「……」

以前この場所で聞いた西条の恋の話を、立花は思い出した。

中学、高校、大学と、恋人の方から別れを告げられたということ。

「あの、部下の人に……ですか？」

大学時代の恋人と別れてから恋愛をする気にならなかったという西条が、「フラれた」と言ったことに立花は戸惑った。

立花に思い当たる相手といえば、カフェに一緒にやってきた、あの女性のことしかない。

動揺する立花を、西条がまた冷たい眼差しになって見下ろしてくる。

「それ、本気で言ってるのか？」

「……」

「本気で、俺が誰を好きなのかわからない？」

責める口調で言われ、立花はますます混乱した。

「そんなの……俺に聞かないでください」

久しぶりに会った西条は、やっぱりひどい人なのだと、立花は改めて確認する。

自分は西条を好きなのだと告げたはずなのに。

「西条さんはそういうの、おもしろがってできるのかもしれませんけど……構ってもらえるならそれでもいいと俺も思ってたけど、でももう」

さっきは怒っていたはずなのに、今度はもう泣きたくなっている。

感情の振れ幅が小さい方だなどという自覚は、幻だったのかもしれない。

西条の前で、こんなにも簡単に、気持ちが揺れ動いてしまう。

「でももう、何だよ？」

「──告白するくらい好きな人がいたんだったら、俺に構ったりしなければよかったじゃないですか」

西条を責めるのは、筋違いだ。相手にとっては理不尽なことでしかない。

そうわかっていても、立花には止めることができなかった。

「フラれたとか、わざわざ俺に言わないでください。西条さんが誰を好きかなんて、そんなの、知りたくもない」

「どうして？　好きな相手のことなら、全部知りたくならないか？」

「……ッ」

我慢しかねて、立花は西条の手を乱暴に振り払った。痛む手首を押さえて、西条を睨みつける。

「そういうのやめてくれって、前も言ったじゃないですか。楽しいならいいとか、西条さんは言ってたけど、俺は楽しくなんかないです」

西条は怒りの消えた、でも呆れているふうでもなく、何を考えているのかわからない顔でじっと立花のことを見ている。

今もこうやって、取り乱す自分を観察でもしておもしろがっているのかと思えば、立花は悔しくなってくる。

「期待したくないって！　期待しちゃ駄目だって散々自分に言い聞かせたのに、西条さんが思わせぶりなことばっかりするから、未練が残っちゃったんじゃないですか！」

勝手なことを言っていると自分でも思いながら、立花は言葉を止められない。

西条が腹いせだと言うのなら、こっちだって八つ当たりくらいしてもいいじゃないかと考えようとするが、言う端からもう後悔が立花の身を浸す。

「せっかく……気持ち伝えて、ちゃんと忘れようって、決心したのに……」

そもそもそれが、間違っていたのだろうか。

勢いを失くして項垂《うなだ》れる立花の上から、呟くような西条の声が振ってくる。

「やっぱりな」

微かな溜息の混じった、苦い響きの声だった。

「尚太は、終わりにするつもりで俺に好きだって言ったんだな」

そのとおりだ。初めての恋をスッキリと終わらせるために、状況はうってつけだと思った。告白した相手と二度と顔を合わせることもなく。相手も、好きだなどと伝えてきた男と遭遇する心配はこの先ない。笑い話にでもしてくれればいいと、半ば開き直りの覚悟だった。

頷いた立花に、西条が苦笑に似た声を漏らしてから続ける。

「俺は、そこから始まったと思ってたんだけど」

「……え……」

「って言っても、自分が男相手に恋愛するだなんて、思ってもなかったからな。最初は単に好奇心だったのかも知れなくて、そういう態度が尚太を今怒らせてるんだろうし、逃げられる原因だったんだろうけど」

西条の方は、すっかり怒りを収めているらしい。そっとその顔を立花が見上げてみれば、追いかけてきた時の怖ろしい形相の片鱗《へんりん》もなく、ただこちらをじっとまっすぐに見ているだけだ。

「今怒られてホッとしたって言ったら、尚太にはまたおもしろがってるって怒られるのかね」

「ホッとしたって……どうして……」

「尚太はまだ俺のことちゃんと好きなんだってわかって。――いや、ちゃんと順を追って、話すから」

　確かに立花はまた西条に怒りをぶつけそうになった。いい加減にしてほしいと口を開きかけた立花の機先を制するように、西条が片手を挙げる。

「一遍に言うと尚太は混乱するだろうから、会ったらどの順番で説明するか、予定を立てておいた。とりあえず最初に、俺が今ここにいるのは、尚太に会うためだというところからだ」

「え……帰り道だから、じゃなくて？」

　そういえばさっき、立花はあまり人目に付かないようにとベンチを選んだのに、西条からはすぐ見つけられてしまった。

　そのことを思い出しながら問い返す立花に、西条が「いいから」と強い口調で告げる。

「いいから、そこを覚えておけよ？」

「はあ……」

　念を押されて、わけがわからないながらも立花は頷いた。

　西条も頷きを返す。

「――尚太が来なくなって四日目で、店を辞めたことを聞いた。辞めたっていうか、本社勤務になったっていうことを教えてもらった」

宣言どおり、何か説明のようなものを始める西条に、立花は眉を顰めた。

西条は、立花の異動を、多分カフェのスタッフに聞いて知ったのだろう。ほぼ毎日会っていた相手が急にいなくなれば、そのくらいしても、まあ不思議はない。

「でも、わかってたならどうしてここに?」

西条は自分に会うためにここにいると言ったが、このカフェを去ったことを知ったのなら、ここで待つのはおかしい。

「尚太が来ると思ったからに決まってるだろ」

だが西条は自明の理、とでも言いたげな口調で答えた。

「実際来たじゃないか。まあ——想定よりも、結構遅かったけど」

「……」

西条のその言い方で、立花は気づく。

「今日だけじゃなくて……?」

「毎日待ってたよ。尚太が店辞めてから」

予想外の返答に、立花は言葉を失くした。

今日たまたまとか、昨日や一昨日ここに立ち寄ったというわけではなく、西条はあれか

今西条にこんな顔をさせたのは、自分のせいなのだ。

それに立花はようやく気づいた。

さっき西条が激怒して自分を追いかけてきた理由も。

なぜ逃げるのかと、痛いくらい手首を摑んで、額をはたいてきた理由も。

——何かひどく取り返しのつかないことをしてしまった心地になる。

「……っ、すみません、俺……」

「逃げられた、と知ったあとの何日間かは、正直なところ尚太に腹を立ててた」

立花の謝罪には耳を貸さない風情で、西条はさらに話を続けた。自分に対して腹を立てたという言葉に、立花は心臓が痛くなった。

「何で人の気持ちを考えないんだって、頭の中で恨み言ばっかり言ってた。今も相当腸《はらわた》が煮えくり返ってる」

「……」

立花はさらに西条に謝ろうとして、でも何をどう謝罪したらいいのかわからず、結局何も言えなかった。

自分が西条に会えずに苦しいのは、ある程度覚悟していた。その覚悟も無意味なくらい、想像以上に辛かった。

でもまさか、同じような気持ちを西条も味わっているだなんて、本当に、ちっとも思っていなかったのだ。

西条の口からそれを聞いた今でも、混乱している。

「尚太がどうして黙っていなくなったのかは、そうそう考えなくてもすぐわかった。尚太はそもそも、俺に好きだって言った時も、別に見返りだの、返事だの、何も欲しがってなかったんだろ。どうせ店を辞めて俺と会わなくなるから、思い切って声をかけた。伝えることにだけ意味があって、俺の反応や気持ちには全然興味がなかった。だから『好きだった』って、最初から過去形だった」

西条の言葉を聞くのが怖くて、立花は無意識のうちに、冷たい指先で上着のポケットに触れた。布地の上から、携帯電話のストラップを探る。スーツ姿で手にする通勤鞄にはさすがにベアをつけられなかったので、持ち歩いているのは携帯電話のストラップだけ。

「気づかずに浮かれてた自分が馬鹿みたいだなって、尚太がいなくなったあと、自分が恥ずかしくて死にそうになったよ」

上着の布地ごとストラップのベアを握り込む立花の仕種を見下ろしながら、西条が言った。

「尚太にしてみれば、終わったはずのことなのに、俺がしつこく絡んで迷惑だったんだろ

うなとか」

「迷惑なんかじゃ――……」

咄嗟に反論しようとして、立花は自分で言葉に詰まってしまう。

西条が仕方なさそうに笑った。

「迷惑だったろ？　何でこの人俺に話しかけてくるんだろう、って混乱しただろ」

「……」

そのとおりだ。立花はさらにきつくベアを握り締めた。

「……すみません……俺、自分のことばっかりで……」

人との距離感がうまく摑めない。人が何を考えているのかわからない。

そのことに悩んだ時期もあった。でも、諦めてしまった。最初から、わかるはずがないと。

どうせ誰も自分の気持ちをわかってくれるはずなんかないと。

西条が何を考えているのかなんて考えもしなかったせいで、西条を悲しませてしまった。

「まあ尚太にしてみりゃ、俺の方がひどい人間なんだろうけどさ」

そう言う西条の声に責める響きがないことが、立花には不思議だった。

自分のしたことで西条を辛い目に遭わせたのなら、どれだけ責められて、詰られても、

仕方がないのに。

そう思いながら相手を見上げた立花に、西条がまた苦い笑いを向けてくる。

「俺だって尚太にはひどいことしやがるとは思うけど、そういうタイミングがなければ始まらなかったんなら、もうそれはそれでいいんだ。俺は完膚無きまでに終わらせたくてここに来たわけじゃないし、尚太は俺に会いたくてここに戻ってくるだろうと思ったし、実際来てくれた。尚太は終わらせたつもりだったんだけど、俺はまだ全然途中だと思ってる」

「途中……」

「尚太がわからないのなら、何度でも説明するし何度でもやり直すよ」

西条の言葉は難しい。

西条に限らず、他人の言うことは立花にとって理解の外にあることが多くて、それを今まで全部聞き流してきた。だから今この有様だ。

そのことを立花は猛烈に悔やむ。

今くらい、誰かの言葉の意味や、心の中を知りたいと思うことはなかった。

「……何を？」

「俺は俺と尚太の関係を作っていこうと思ってた矢先だったんだ。今もその気持ちは変わってない」

「関係……」

自分の鈍さにうんざりしながら、立花は西条の言葉をまた鸚鵡《おうむ》返しに繰り返した。

その様子に西条は苛立ちもせず、そっと手を伸ばして、ポケットを摑んだままの立花の拳に触れてきた。

「尚太が今、ここにいるのはどうしてだ？」

西条が少し歩み寄って距離を詰めてきたことに、反射的に緊張して、また逃げたくなる。

だが逃げては駄目だと自分の中で何かが必死に叫ぶので、立花は動かずじっとした。

「会いたかったからです」

消えそうな立花の小声に、西条がひとつ頷きを返す。

「自分で会わないって決めてたって、尚太は俺に会えない間、淋しかっただろ？」

「……はい」

今度は立花が西条に頷いた。

「二人でメシ喰ったり、一緒に帰ったり、デートしたのは楽しかっただろ？」

デート、とはっきり西条が言った。

あれがデートだと思っていたのが自分だけじゃないと知った時、立花が死に物狂いで見ないふりをして頑丈な蓋《ふた》を閉めていたつもりの期待が、胸の中から止めようもなく溢れ出

てしまう。

(期待するからやめてくれって言ったのに、やめなかったの、期待してもよかったからなのか?)

会うたび、西条はひどい人だと何度も思った。

でももしかしたら、ひどかったのは、一方的に自分だけだったのではと、立花はようやく思い至る。

その瞬間、いきなりダムが決壊したみたいに、ぼろぼろ涙が出てきた。

あまりの勢いに、さすがに西条もぎょっとしたようだった。

「あ……会いたかったし、会えて嬉しいし、西条さんとデートができて、倖せでした」

片手には鞄を持っていて、片手はポケットの上からベアを握り、さらに西条に握られているから、立花は涙を拭くこともできずにいる。

代わりに西条の手が立花の目許を拭ってくれたが、涙は全然止まる気配も見せないので、濡《ぬ》れる範囲が広がるばかりだった。

「正直ものすごく恥ずかしいけど、尚太ははっきり言わないとわからないみたいだから、言うぞ?」

西条は立花の濡れた顔から手を離すと、少しわざとらしく咳払《せきばら》いをして、会社や学校で

スピーチをする人のように態度を改めた。

「俺に恋をするんじゃなくて、俺と恋をしてほしい」

恋、という言葉の響きを聞いて、立花は息が止まりそうになる。

その言葉が自分と西条の間に介在するということに、目が眩んだ。

「わかりたいしわかって欲しい。尚太にも同じように思って欲しい。——一緒にいるんだから、ちゃんとお互いのことを考えよう」

何をどう話すか、予定を立てておいたと西条がさっき言っていた。西条の言葉は、何度も繰り返したもののようにスムーズにその口から発せられて、驚くくらいすんなりと立花の中に染みこむ。

誰かと話していて、相手の視線も気持ちも自分の方へ向いて、その言葉がまっすぐ自分の中に入ってくる感触を、その幸福と快感を、立花は生まれて初めて味わった。

「俺は君のことが好きなんだけど、俺とつき合ってくれますか」

駄目押しのように、西条がもう、どうやっても聞き間違いようのない言葉で、立花に告げる。

「はい」

頷かない理由を、立花は結構たくさん持っていた気がする。そのせいで、相手を悲しませることにも気づかず、西条と二度と会わない決心がついた。

でもその理由を、今の立花はひとつたりとも思い出せない。

西条の方は、立花の顔がびしょ濡れなのも気にせず、あるいはもしかしたらそれを気にしたために、立花を抱き寄せた。

力を籠めて背中を抱かれて、立花は鞄とポケットから手を離し、同じように相手の背中に腕を回した。

西条は家のベアより大きくて固かったのに、ベアと同じくらい抱き締めることに幸福になって、抱き締めてもらえることは、それの比ではないくらい気持ちよかった。

◇◇◇

「この季節、花粉症か何かだと思われるだろ、きっと」

泣き腫《は》らした顔を恥ずかしがる立花に、西条がいい加減な慰めを言って、その手を引っ張った。

いつの間にか終電の時刻が迫っていて、それに気づいた西条の方から、「気づかなければよかった」とブツブツ言いながら抱擁を解いた。

その頃には立花の涙もいい加減止まってはいたが、目は腫れて赤くなり、自分でもみっともないとわかる様子になっていたのだ。

「どれだけ重篤な花粉症ですか……」

啜りながら、立花は大人しく西条に手を引かれ、ホームへと歩いていく。

男同士手を繋《つな》いでいるところを、通りすがる人に不審そうな目で見られることには、抵抗がない。

泣いている顔が恥ずかしいのは、西条に醜いと思われたくないからだ。

「そうだな、重症なのは、花粉症ではないもんな」

ホームで並んで電車を待ちながら、西条が少しからかう口調で言う。

(……だから、西条さんのこういうところで俺が素直に受け止めきれなかったって、さっきさんざん言ったのに)

抱き合いながら、立花は西条の言動をどのくらい自分が勘違いし続けてきたか、本人の口からその真意を聞いて知った。

会社の部下という女性は、本当にただの部下で——西条を好きになったという相手を好奇心から見に来ただけだとか。

だからその部下と店を訪れたのも、かつての恋の話をしてくれたのも、別に立花を牽制

するためなどではなかったとか。

それは純粋に誤解だったのだろうと今では理解しているものの、しかし西条がいちいち自分の反応をおもしろがる態度なのは、実際『おもしろいから』という理由でしかない気がしてくる。

やめてくれともう一度厳しく言うべきかと立花が悩んでいる間に、電車が来た。西条と一緒になって乗り込む。今日は少し混んでいて、座ることはできない。

並んで吊革に摑まっていると、立花の隣で、西条が少し耳許に顔を寄せる仕種をした。

車内は蒸し暑く、窓が開いているせいで、地下の音が反響してうるさい。

「尚太は、明日休みか？」

「接客じゃなくなったので、土日は完休です」

「なら、このまま尚太の家に行っていい？」

「え」

咄嗟に、なぜ、と問い返しそうになるのを、立花はこらえた。

なぜも何もない。

西条からは、好きだと言われて、つき合うことになった。

つまり自分と西条は、恋人同士になった。

恋人が週末に家に遊びに来ることの、どこに不思議があるのか。

西条は急《せ》かさず、じっと立花の返事を待っている。

「はい」

時間をかけて頷いたら、西条がほっとした顔になった。

「よかった。ここで『どうしてだ』なんて聞かれたら、どの辺りから説明しなくちゃいけないのか、悩むところだった」

拒まれなかったことよりも、その説明をせずにすんだことに安堵している様子で、立花は何だか少し申し訳がないというか、気恥ずかしい心地になる。

「……でも、うちの方が遠いですよ」

「アウェーよりホームの方が、尚太が落ち着くかと思って」

それは、そのとおりだった。人の部屋というものに立花は慣れない。実家の、両親の寝室ですら異世界で、居心地が悪かったのを思い出す。

「あとは単に尚太の部屋を見てみたいから」

真面目に掃除をしておけばよかった、と立花は少し後悔した。本社勤務になって以来、部屋にいるととにかく怠くて、片づけもなおざりにしてしまっていた気がする。

だが、それを理由に断るほどではない。

西条が家に来ることを考えると、立花も何だか嬉しくなった。好きなものが自分の部屋にあるというのは、いいことだ。

（誰かが自分の家に来るなんて、不思議な感じだけど……）

マンションがある駅に辿り着くまでの間、立花は西条から問われるまま本社での仕事についてぽつぽつ話したり、西条が立花に会いたいばかりにうわの空になって、部下の人に怒られ続けたという話を聞いたりした。

やがて駅に到着すると、途中のコンビニエンスストアに寄って、西条の夕食や飲み物を買った。西条は食事もせずに立花を待ってくれていたらしい。立花の方は呑み会で黙々と料理を食べていたので、何だか申し訳なかった。

夜道を歩いてマンションまで辿り着き、部屋の玄関前へ来たところで、立花は鍵を開けるのに躊躇《ちゅうちょ》した。

「多分、見たら、ひくと思うんですけど」

実家にいた頃は、男がクマのグッズなんて集めてと、母親からは呆れられ、父親からは笑われていた。他の同年代の男の部屋がどういう感じか立花は知らないが、自分の部屋は異端だろうという自覚がある。だから実家にいた頃も今も他人を自分の部屋に呼んだことはないし、そもそも呼ぶような相手もいなかった。

「クマ好きが高じて就職までしたのも知ってるのに、今さらだろ」

立花の言葉を聞いた西条は笑っていたが、嫌な感じではない。今さらひくこともないと言っているのか、ひくのも今さらだと言っているのか立花には判断がつけがたかったが、多分前者だろうと思い切って、玄関のドアを開けて西条を部屋の中に促した。

「お邪魔します」

礼儀正しく挨拶してから、西条が靴を脱ぎ、部屋に上がる。

「お茶、淹《い》れますから。向こうで適当に座っててください」

立花は西条が自分の寝室――ベアグッズのコレクション棚――を目撃した瞬間の反応を見るのが少し怖くて、自分はダイニングキッチンに残った。西条だけ奥の部屋に向かう。

ダイニングには椅子が一脚しかない。この部屋に誰かが来ることなど本当に一度も考えもつかなかったので、テーブルと椅子はばらばらにひとつずつ購入した。

上着を脱いで椅子にかけ、キッチンでお湯を沸かす。西条が温かいものを飲みたいと言ったので、マグカップにティーバッグの紅茶を淹れた。マグカップは一人暮らしなのに六つある。全部ベアダックカフェのグッズだ。勿論全部にベアの絵が描いてある。一番可愛いやつを西条のカップにして、自分は二番目にお気に入りのカップを使った。

両手にマグカップを持って奥の部屋に向かった立花は、引き戸が開きっぱなしの入口で、

足を止めた。

西条が、ベッド脇に鎮座しているベアの前で、なぜか膝を揃えて座っている。

ベアの耳許に顔を寄せて、ぼそぼそと呟く西条の声が、立花にも聞こえてしまった。

「ベアダックさん、尚太を俺にください」

「……」

これは自分が聞いてよかったものなのだろうかと、立花は焦る。

（何を言っているんだろう、この人は）

二十三歳の男が巨大ぬいぐるみを家に置くことを、笑われてもからかわれても甘んじて受け止めようと決めていたが、ベアに向かって真剣に囁きかけられることなど、想像もしていなかった。

——でも、嬉しい。

西条の行動は、立花にとって、無性に嬉しいものに感じられた。

カフェの裏手で泣きすぎた余韻がまだ抜けていないのか、立花はまた少し涙ぐみそうになってしまった。

それを踏み留まったのは、立花がかける言葉を思いつけずに立ち尽くしているうち、西条が正座したままベアの脳天に手刀をめり込ませるのを見たからだ。

「えっ、何やってるんですか！」

立花は慌てて部屋に入り、マグカップを床に並べると、慌ててベアを引き寄せて西条から庇《かば》った。

「いや、眺めていたら、ムラムラと嗜虐心《しぎゃくしん》が……」

「やめてください」

そういえば、さっきは立花も額を叩かれた。手の早い人なのかもしれない。

「俺はいいですけど、ベアにはやめてください」

「尚太にも、もうしないよ。さっきはごめんな」

西条が手を伸ばして、今度は立花の額にそっと触れた。ちっとも乱暴ではない、優しい触り方だった。

「さっき会った時、実はいきなり抱き締めて俺の気持ちを目に物見せてやる計画もあったんだよ。でも尚太に先に気づかれて、あんな嬉しそうに笑われて、挙句全力で逃げられるから、つい我を失って」

「そんなに嬉しそうでしたか、俺」

「うん」

西条には、力強い頷きをもらってしまった。

「俺を見てそんな顔をするくらいなら、最初から離れるなよと腹が立つ程度にはな」

「……そうか」

今まで、自分で思っていたよりも感情が顔に出ないらしいという自覚はあった。

その逆のことが起きたのは初めてだ。

「今も嬉しそうだぞ」

西条に指で頬をつつかれて、立花は笑った。嬉しいし、嬉しそうに笑っている自覚も今はある。

そのおかげで、指先で触れていた西条が、今度は掌を頬に当てて近づいてきた時は、少し怯んだものの身を逸らして逃げたりはせずにすんだ。

引き寄せたままのベアを抱き締めながら、目を閉じて西条の唇が自分の唇に合わさるのを待ち、離れるまで立花はじっとしていた。

「邪魔だな、これ」

目を開くと、いつの間にか西条は正座をやめて、立花と向かい合うような格好になっている。立花の方は正座だ。そして二人の間にはベアがいる。

「ちょっと横に置いておかないか？」

「……」

促されても、立花はベアを抱えたまま動くことができなかった。

手放すのが、妙に不安だ。

動かない立花に焦れたのか、西条が指でベアの鼻を押した。

「潰れていいならそのままでもいいけど」

「……」

いいわけがない。立花はやはり心許ない気分になりながら、のろのろとベアをベッドの脇、元の定位置に戻した。

ベアから手を離すより先に、もう一度西条の唇が唇に触れる。手を掴まれ、ベアから離された。

さっきのが、生まれて初めてのキスだった。二回目も、身を固くして、じっと西条の動きを受け止めることしかできない。

西条は柔らかい仕種で、啄《ついば》むように立花の唇に触れてきた。

何度もそうされるうちに、少しだけ要領がわかった気がして、立花も自分から相手の唇へと触れにいった。

触れるたび、体中を幸福な温かさが包む。相手に触れたい、というお互いの気持ちがうまく噛み合っている気がして、とても嬉しい。

（お茶淹れたのに、弁当も、冷めるけど）

それが気懸かりだったのは、数秒だけだ。

何度でも、いつまででもこうしていたいと半ば陶酔感に浸りかけていた立花は、途中から少しずつ濡れた感触が唇に触れることに気づいて、何となく居心地が悪くなってきた。

「……んっ」

上唇を、西条の唇で吸われた。感触に驚いていたら、今度は舌で触れられる。そのたび、立花はいちいちびくびくと体を小さく震わせてしまう。

嫌なわけではないが、慣れなくて、落ち着かない。

無意識に身を引く立花に対して、西条はちっとも遠慮せず、身を乗り出してはもっと深く触れようとしてきた。いつの間にか西条の腕が立花の背中に回っている。

立花の体を緩く抱きながら、西条は執拗《しつよう》なくらい何度も唇を合わせ、吸い上げてくる。

西条に背中を抱かれているので、立花はもう後ろには逃げられない。

唇を割って西条の舌が口腔《こうこう》に潜り込んだ時も、震えながら下がろうとした動きを、逆に抱き寄せるようにして阻まれてしまった。

「ふ……、……っ、……う……っん……」

息がし辛くて、立花の喉からは苦しげな呻《うめ》き声が漏れる。

緊張や戸惑いではなく、息苦しさのせいで、立花はもう我慢できずに西条の肩を力一杯向こうに押し遣ろうとした。

「も、ちょっと、ゆっくり」

立花の懇願を、西条は少しも聞き入れてくれなかった。押し退けようとする動きなど気にせず、さらに身を寄せて、また立花の口中に舌を差し入れてくる。

温かく、濡れたもので口の中を掻き回されるたび、立花の体がまた震える。

驚いたり怖い思いをした時とは何か違った。西条の舌の動きを感じると、そこだけではなく、体の芯の方からじわりと得体の知れないものが染み出してくる。脊髄《せきずい》まで舌で舐められているような錯覚。

触れるだけのキスの時にも陶酔感を味わった。それよりももっと深い感覚が立花の頭を揺らした。陶酔を通り越して酩酊《めいてい》だ。もし酒に酔えたらこんな感じかもしれない。脳が溶けてどろどろに流れ出しそうな気がした。

（気持ちいい……）

苦しいせいだけではない声が漏れてしまうのが恥ずかしいのに、立花にはそれが止められない。

「……ん……」

目を閉じたまま、深いところに落ち込むようなのが怖くて、立花も縋るように西条の体に手を伸ばした。首に両腕を回し、身を寄せる。

このまま西条と一緒にどろどろと溶けてしまいたい——とぼんやり考えていた立花は、不意に腰の辺りに触れられて、思い切り体を揺らした。

ただ触れられただけなのに、自分でも驚くくらいに反応してしまった。

それが恥ずかしいというよりきまり悪くて、自然と西条の方から逃げようとする動きになる。

西条とのキスに夢中になるうち、立花は自分の体が反応していたことを、やっと自覚した。中心に熱が集まって、下着やスーツのズボンを押し上げるように、そこが存在を主張している。

それを知られたくなくて身を捩っても、西条の手は遠慮なく立花の下肢の間に触れて来ようとする。

「だ、駄目」

また西条の肩を力一杯押して、立花は相手に背中を向けようと必死になった。

だがあっさりと、西条は立花を捕まえて、少し強引な力で自分の方に引っ張り寄せた。

「駄目じゃない」

駄々っ子を宥《なだ》めるような口調に、少しかちんときた。

駄目なものは駄目だと言い返したくなったが、そうする暇もなく、やはり強引に体を押されて、低いベッドの上へと仰向《あおむ》けに倒される。その時になって、立花は自分のワイシャツからネクタイが消え去っていることにやっと気づいた。キスに夢中になっている間に外されたのか。それすらわからないくらい、本当に夢中だったのだ。

「何するかわからない……ってことは、ないよな？」

確認を取る調子で問いながら、立花の顔を西条が上から覗き込んでくる。

立花は一杯に見開いた目でそれを見返し、無意味に瞬《またた》いた。

「わか……ら、なく……は」

ある、とも、ない、とも、立花ははっきり答えられない。勿論わかっていたが、言葉に詰まってしまった。

西条は根気よく答えを待っていたが、立花が目を見開いて固まったまま動かないのを見て、少し首を傾げながら口を開いた。

「尚太を抱くよ」

元々失くなっていた声を立花はさらに失くした。言葉ではなく息が詰まった。

（抱く、って）

そんなにはっきり宣言されると思っていなかった。

西条は、何もかもしっかり立花に伝えないと、誤解が生じると危惧《きぐ》しているようだった。

呆然とする立花のシャツを、西条の指が器用に外していく。シャツの前を開かれ、ズボンのベルトもボタンも外されたところで、立花はようやく我に返った。慌ててズボンを両手で押さえる。思考するより勝手に体が動いた。

動いたあとになって、これでは行為を嫌がっていると西条に誤解されてしまうことに思い至った。

「嫌なんじゃなくて」

喘ぐように言いながら、立花はもう泣きそうだった。

「ど、どうすればいいのか、やり方なんか、知らない」

立花はすっかり混乱しているのに、西条は一切の遠慮もなく、下着ごとズボンを立花の脚から抜き去ろうとしている。

「わからなくて、あの、変なこと、反応とか、西条さんのいるところで、するのが」

諦めずに、立花はズボンの布地を引っ張った。

だが力ずくにされたわけでもないのに、結局西条の手に負けて、全部剝《は》ぎ取られてしまう。

「『普通』はどうするとかは、俺もわからないから」

寒いわけでもないのに震える立花を見下ろして、西条が言った。

「俺と尚太が気持ちよくなることをしたい」

「……」

そうか、この人も男を相手にするのは初めてなんだと、そう思い至って立花は少しだけ落ち着いた。

「したいことをしような？　お互い」

そう言われて、さらにもう少し、立花はがちがちに固まっていた体から力を抜いた。

様子を見ていた西条がふと笑い、笑った形のままの唇を立花の方へと寄せてくる。

立花は目を閉じて西条の接吻《くちづ》けを受けた。

再び温かいものが口の中へ入ってくるのと同時に、剝《む》き出しになった下肢の間にも、西条の手の感触が当たる。

「……っ……ん」

立花はまた体を強張らせた。触れられた最初から、信じがたいくらいの快感がそこで生まれた。

昂《たか》ぶっているところを探られ、形を確かめるように撫でられたあとに、握られる。

緩やかに擦られるだけで強烈に気持ちよくて、立花はすぐに何も思考できなくなった。

「あ……、……あっ……、……ッ」

少しの時間も保たなかった。深く接吻けられ、張り詰めた茎を数回擦られただけで、立花は西条の手の中で達した。

自分でも、いくら何でも早すぎると思った。

恥ずかしくて居たたまれない気持ちになる立花の目許に、西条の唇が触れる。その仕種で、西条が自分のことを可愛くて仕方がないと思っているのがわかってしまったので、立花はますます消え入りたい心地になる。

喚《わめ》き散らしながら大泣きしたい気分を堪えて、立花は西条の腕にそっと触れた。西条はまだスーツの上着も脱いでいない。

「西条さんも……脱いで」

求めると、軽く首を傾げられた。

「自分だけ脱がされてるのは、恥ずかしいか？」

今でも充分恥ずかしいのは見てわかるだろうに、さらに反応させるつもりなのかからかってくる西条を、立花は精一杯睨んだ。多分、睨むというよりは縋る雰囲気になってしまっただろうなと、自分でもわかった。きっとみっともない顔になった。

「俺だって見たい」

「……そうか」

でもそのおかげなのか、照れ臭そうな西条の顔が見られたので、多少みっともないくらいはいいかと、諦める。

立花に覆い被《かぶ》さるようにしていた西条が一度身を起こし、上着を脱いで床に落とし、ネクタイも外した。

立花もベッドの上に起き上がると、シャツを脱いでいる途中の西条に身を寄せて、ためらいがちな仕種になりながら、キスを試みた。

気づいた西条が、自分からも立花の唇を迎えにくる。

西条はさっきみたいに遠慮なく立花の口中を掻き回すようなことはせず、立花の動きを待っている様子だった。

立花は、西条がしていたことを必死に思い出しながら、同じ動きを真似ようと努力する。

西条が自分から唇を開いて誘導したり、舌で舌をつついてきたりと、結局リードされているる格好にはなったが、そのおかげでまた夢中になるほどのキスができたので、立花に不満はない。

できるなら、やはり同じように、キスを続けながらしてみたかったが——一遍にふたつの動きができるほど器用にはなれず、立花は一度唇を離してから、右手でおそるおそる西条のズボンに触れた。

「……」

立花が息を詰めてベルトを外し、ズボンのボタンに手をかける様子を、西条も黙って見守っている。

西条が自分にどう触れたかを思い出すことはできなかった。触られている時は、すっかりわけがわからなくなっていた。

ゆっくり擦られたところくらいは、どうにか覚えている。立花は西条が協力してくれたおかげですんなり相手のズボンと下着を脱がせることに成功し、目の前に現れた西条の昂ぶりに、そっと指で触れた。

西条の性器も、硬く、上を向きかけている。おっかなびっくりの仕種で立花はそれを両手で包み、ぎこちなく擦ってみた。

「……ん」

西条の腰が小さく震え、熱っぽい声が漏れるのが聞こえた。

立花の手の中で、西条のものが硬さと熱を増してくる。

そのことに、立花も気を昂ぶらせた。

（どうしよう、また）

何が触れているわけではない立花のその部分にも、もう一度じわじわと熱が集まってきてしまう。耳まで赤くなるほど恥ずかしかったが、立花は逃げ出したいのを我慢した。

西条の性器もすごい。がちがちに硬くなっている。立花はその形を触れることで確かめた。自分とは形も色も違う。恥ずかしいとは思うのに、触れた場所から視線が外せず、熱心にみつめながら手を動かし続けた。

そんな自分の様子を、西条がじっと見ているのもわかる。わかるのに止められない。

西条とこういう行為をするなんて想像をしたこともなかったが、実際そうなってみれば、立花はただ夢中になるだけだった。

（いくとこが、見たい）

そのことばかりを考えて、休みなく手を動かす。

だが望みが叶う前に、西条がそっと立花の腕を押さえた。

「やっぱり、抱きたい」

止められたことが不満で顔を上げようとした時には、再びベッドの上にひっくり返されていた。

「え……」

さらに体を押されて、今度は俯せにされる。

面喰らっているうちにするっと尻を撫でられて、それだけなのに立花はベッドに伏せたままびくびくと体を震わせた。

「や……っ」

前はともかく、尻を撫でられて気持ちいいと感じることに、立花はまた驚く。自分の体なのに、そうじゃないみたいに感じた。

西条は掌で少ししつこく尻を撫で回し、そのうち指で狭間《はざま》をなぞるような動きになった。あらぬところにその指先を感じて、立花はびくっと体を強張らせる。

「あ、あの」

なぜそんなところに触るのかと、八割方抗議の意味で訊ねようと身を起こしかけた途中、指先がぐっと体の中に入ってくるのを感じて、大きな声を上げそうになる。

「えっ……」

実際立花の口から漏れたのは、掠れた不安そうな声だった。

「このままじゃ無理か」

ほんの少しだけ立花の中に入ってきた指は、西条の独り言のような呟きと共に、すぐに出て行った。

信じがたいところに信じがたいことをされた気がして、立花が混乱から立ち直れずにいるうちに、今度は濡れた掌に尻を撫でられた。

「……ッ……え……？」

びくびくと、逸らした背筋を震わせながら、立花はわけもわからずベッドのシーツを両手で握り込んだ。

「ベビーオイル、さっきコンビニで」

自分の夕食だから自分で買うと、西条はコンビニで素早く弁当を買っていた。弁当以外に何を買ったのか、立花は知らなかったし気にもしなかった。

西条はマッサージでもするように、両手で立花の尻を撫で続けている。

「やっ……やだ……」

どうして嫌なのか自分でもわからないが、ぬるぬると動く掌に抵抗を感じて、立花はしきりに身を捩った。

「うん、でも」

西条は動きを止めない。立花には、何が「うん」で何が「でも」なのか、訊ねる余裕はなかった。

西条の指が、今度はオイルのぬめりを借りて、立花の中へとさっきよりも深く入り込んでくる。

「何……何ですか、これ……」

体の中で、西条の指が動いている。

反対の手が、ベッドと立花の腹の間に潜り込み、体を浮かされる。混乱したまま、背伸びする猫みたいな格好を取らされた。

「――んっ……ぁ……！」

体の中で、指が増えた、気がする。

ぬるぬると、滑るように西条の指が、立花の中で動いている。浅く、深く、中を探りながら擦ってくる。

気持ち悪いのか、気持ちいいのかわからない。ぐちゅぐちゅと音が鳴っているのが恥ずかしくて恥ずかしくて、頭がどうにかなってしまいそうだった。

濡らされた場所が、西条の指で広げられる。変に熱い。自分の中が熱いのか、西条の指が熱いのか、よくわからない。

「……っく……」

よくわからないまま、立花は派手に啜り上げた。悲しくもないのに泣けてくる。西条の前で変な格好をして、西条の指で体の中を掻き回されて、なすすべもなく震えている自分という存在が辛い。

こんなことをされているのに、気持ちよくて、そのせいで震えている体を自覚するのが辛い。

「ぁ……、……ん……ン……」

辛さよりも、快楽を報《しら》せるような声が漏れて、それが止められなかった。その声をもっと引き出そうとするかのように、西条の指がより深いところまで入り込み、早い動きで抜き差しを繰り返した。

「すごい……気持ちよさそうな声……」

西条からは、うっとりした響きの声が聞こえてくる。

さらに、中への圧迫感が増したのは、西条の指が増えたせいらしい。

「……ま、まだ、入れるんですか……？」

自分の体がどうなってしまうのか、怖ろしくなって、泣き声で立花は訊ねた。

「うん……ちゃんと、入るなあ」

聞かなければよかったと、西条の返答を聞いて立花は熱くなった顔を持て余しながら悔やむ。西条の目に、今の自分はどう映っているのか。考えられない。

「――こっちも、入るかな」

今度の呟きは立花に聞かせるというより、独り言のような響きだった。

ずるりと、体の中を犯していた指が出て行って、その感覚に立花はまた呻き声を漏らす。

(……何でまた、勃《た》ってるんだろう……)

下肢の間で、また快楽を主張して昂ぶっている自分のものをみつけて、立花はぼんやりとそれを眺めた。

呆然とする立花の背後で、西条ががさがさと小さく物音を立てている。今度は一体何をするのか、確かめようと身動ぎしかけた立花の腰を、西条が阻むように掴んだ。

「ここで逃げられたら、さすがに俺も、本気で泣くから」

「え」

振り返りたいのに、腰を押さえつけられて、上手く動くことができない。

「逃げるとか、今は……、……ッあ……!」

指よりもはるかに太いものが、立花を内側から押し開いた。

「ッ……あっ、……ゃあ……う……」

自分でも聞いたことのない声が、勝手に喉からこぼれ落ちる。無理矢理引き摺り出されるように止まらない。

何をされているのか、立花は感覚で理解した。

さっき立花が両手で触れて、見入っていた西条のもの。

あれが、体の中に入り込んでいる。

「……ん……ぁ、あ、あ……」

ゆっくりと奥深くまで差し込まれた西条の熱が、またゆっくりと引き抜かれていく。

自分の体が、まるで待っていたかのように西条のそれを受け入れていることに、立花は信じがたい思いを味わう。

押し入られて、苦しいのに、嫌じゃない。

擦られると熱くて、熱くて、その熱と一緒に苦痛よりも強い快楽が力ずくで生み出される感じ。

自分の体なのに自分のものではない感じがする。それが怖くて、立花は声を漏らしながら啜り上げた。

救いを求める気分で泣きながら顔を上げると、ベアがじっと自分の方を見ていた。

立花は咄嗟にベアに手を伸ばし、自分の方へとその大きくてふかふかの体を引っ張り寄せる。

何かに縋っていないと頭がおかしくなりそうで、だから思い切りベアを抱きつく。

それで少しだけ安心することができた立花の腕から、ベアが逃げ出そうとしている。

「……え……」

ベアが自力で動いたわけではなかった。後から手を伸ばした西条が、立花からベアを取り上げようとしているのだ。

立花は必死に抵抗した。

「やだ……っ」

「尚太」

困ったような笑い声で名前を呼ばれ、中を浅く突かれて、立花は自分の意思に反して腕から力が抜けてしまった。

それを見計らったかのように、ずるっと、体の中から西条の熱が抜き出される。

立花の腕からベアが転げ落ち、西条の手でベッドの脇へと戻された。

「クマじゃなくて、俺にしておいて」

力が入らないままの立花の体を、西条が仰向けにさせる。

西条に両脚を抱え上げられながら、立花は涙でびしょ濡れになっている目で相手を睨んだ。

「……ベアです……！」

さっきちゃんと『ベアダックさん』と呼び掛けていたくせに、今また『クマ』に戻って

いるのは、絶対わざとだ。

　笑って、西条が頷く。

「ベアじゃなくて、しがみつくなら俺の方に」

　言われるまま、立花は西条の首に腕を回し、力一杯締めつけた。

　多分、西条の方からすれば、縋りつかれたと言える仕種で身を寄せる。

「ん……っ」

　再び、硬いものが立花の窄《すぼ》まりを押し開き、中へと潜り込んできた。

　さっきよりも、今の体勢の方が辛い。なのに西条は何の遠慮もなく、最初から荒い動きで立花の中を自分のもので擦り立てた。

　それでも立花は文句を口にせず、ただ西条にしがみついて、泣き声を漏らす。

　西条が体を揺らし始めると、お互いの体の間で、限界まで張り詰めている立花の性器が擦れた。

「……さ……じょうさ、早……もっと、ゆっくり……」

　辛いのと、気持ちいいので、どうにかなりそうだ。耐えきれずに、立花は結局西条にそう訴えた。

　だが聞き入れられず、中を穿《うが》つ動きがますます速くなる。

「も――やだ、や……ぁ……ッ、やだ、いく……またいく……ッ」

譫言《うわごと》めいた声を上げながら、西条にしがみつき、立花は硬く身を強張らせた。

震えながら射精する立花に奥深くまで潜り込んだところで、西条も小さく胴震いして、達したようだった。

「……っ……」

二度も、しかも西条に中を犯されながらいったことに、立花は呆然となった。

西条は肩で息をしながら、立花に覆い被さるようにして凭れている。

しばらくそうしていたあと、お互いの呼吸が整った頃に、西条がやっと立花の中から出ていった。

抜き出される時にまた内側を擦られる感じになって、立花は背筋が震えるのを堪えなければならなかった。

「――尚太？」

魂が抜けたような心地で天井を見上げている立花の顔を、身を起こした西条が少し心配そうな様子で覗き込んでくる。

「……西条さんと、した……」

今日この部屋を出て会社に行く時には、考えもつかなかった。

西条がここに来ることも、こんなふうになることも。

「何か……一杯すぎて……」

気持ちも体も満たされすぎて、むしろ現実味が薄く思えるくらいだ。

「足りないなら、もう一回しようか？」

真面目な声で訊ねられて、立花は慌てて首を振った。もうくたくただし、西条が出ていったあとも、脚の間がぬるぬるして、落ち着かない。広げられて、好き放題掻き混ぜられて、まだそうされた時の感触が残っている。これ以上は無理だ。

「い、一杯だって、言ってるじゃないですか」

「うん。ちょっと無理して、ごめんな」

西条に髪を撫でられて、立花はやっと人心地つけた感じになる。

「ちょっと……」

「いや、ちょっとじゃないか。——でも、気持ちよかっただろ？」

「……」

隠しても無駄だろう。立花は観念して目を閉じ、小さく頷いた。

「しかし、あれだな」

だが西条の呟きを聞いて、すぐに瞼《まぶた》を開く。

ベッドの上に座った西条は、立花ではなく枕許の方を見ていた。立花も釣られて同じところを見る。ベアダックが、いつもと同じ表情でこちらを向いている。

「全部見守られてた気分だ」

「……ッ」

咄嗟に、立花は西条の脚を殴りつけてしまった。

「へ、変なこと言うのやめてください」

「クマも祝福してくれてるだろう」

「だから、クマじゃなくて、ベアです」

やっぱりわざと言っている感じがしたが、立花は西条の言葉を律儀に訂正した。

「少しだけ勝った気分だ」

笑っている西条を見ながら、立花は以前西条から「ベアと自分とどちらが好きか」などと訊ねられた時のことを思い出した。

あの時は、ただひどいことを試すように聞く人だと、西条を恨めしく思いもした。

でもあの時にはもう西条が自分のことを好きでいてくれたのなら、ひどいことを答えたのはこっちの方だったと、立花は胸を痛める。

巨大なベアから少し視線をずらすと、コレクション棚のそばにぽつんと置いてある紙袋が見えた。

西条にあげそこなったベアグッズだ。

受け取ってもらえたのなら、あそこで終わっていたのかなと考えるが——今となっては、わからない。

(どっちにしろ、始めたのは、俺だった)

何かが返ってくるなんて欠片も思っていなかったのに、でも、西条はここにいる。

「……もう一回、言い直していいですか」

起き上がる余力もなく、ベッドに転がったまま、立花は西条に呼び掛けた。西条が立花を見下ろす。

「うん?」

「告白の仕方、間違って……今も、西条さんだけに言ってもらってるだけだから」

西条は黙って立花の言葉の続きを待っている。

立花は跪ったままの西条の脚に触れながら、じっとその顔を見上げた。

「好きだった、じゃなくて、ずっと、好きです。この先も、ずっと西条さんと一緒にいたいです」

できるだけ真摯《しんし》に伝えた立花に、西条が顔を綻ばせる。

「そうだな、ずっと、一緒にいようか」

返ってきた言葉が嬉しくて、立花も一緒になって笑った。

◇◇◇

立花が携帯の電話番号はともかく、メールアドレスをなかなか教えてくれないのが不思議だったが、メールのやりとりをほとんどしたことがないから面倒……という理由だったようだ。

「電話も慣れてないんです。店や会社の電話なら、仕事だから別に平気だけど、携帯は滅多に鳴らないから、鳴ると驚いて」

そう言っていた立花も、西条とアドレスを交換したあとは、マメな西条に合わせてメールや電話を普通にしてくれるようになった。

自分のために一生懸命苦手な携帯に慣れてくれたのだと西条は喜んだが、メールの使い方を教えてやった時には買ったままの状態だった立花の携帯が、いつの間にかベアダックの待ち受け画像だの、ベアダックの着信メロディだのが設定されていることに気づき、多少落胆した。

（俺のメールが嬉しいんだか、クマの鳴き声着信音が嬉しいんだか……）

などと考えつつも、西条は毎日コツコツ立花に連絡した。

「またメールですか、西条さん」

仕事が終わり、帰り際に携帯電話を弄《いじ》っていたら、松嶋に目敏《めざと》く見つけられて、からかわれた。

「いいだろ、上がりなんだ」

「いいですけど。一時期みたいに落ち込んだ顔されるよりは、浮かれてるのを見てる方がまだ」

訳知り顔で呟く松嶋の言葉を西条は無視して、立花に『今日も泊まりに行きます』とメールを送り、会社を出た。

今日は金曜日、忙しい時期も過ぎ、平日の残業はなくならずとも、土日はきっちり休みだ。

職場が離れたせいで、以前のように仕事帰りに待ち合わせることはできなくなってしまったが、初めて泊まってから三ヵ月ほどが経つ間、西条はほぼ毎週末立花の部屋に足を運んでいる。

（尚太も土日休みの勤務になって、よかった）

などと考えながら、電車を乗り継ぎ、立花のマンションにまっすぐ向かう。研修が終わった立花は少しずつ残業が増えているそうだが、大抵西条の方が終業が遅く、辿り着くのは十二時近くだ。

部屋に辿り着くまでの間、立花からの返信はなかった。会社から帰って寝ているんだろうなと、西条は察する。立花は結構よく寝る。

チャイムは鳴らさず、西条は合鍵を使って立花の部屋に入った。案の定、ベッドの上には立花が横たわり、目を閉じて、小さく寝息を立てていた。

その腕には、しっかりブサイクな巨大グマのぬいぐるみが抱かれている。

「……」

西条はムッとして、足音を殺してベッドに近づき、クマの体に手をかけた。

それを取り上げようとした時、気配に気づいたのか、立花が目を覚ました。

「……おかえりなさい」

「ただいま」

立花はまだ眠そうだ。

西条はクマから手を離し、そのぬいぐるみを挟んで立花の隣に寝転んだ。

立花の家のベッドは、どうせ頻繁に西条が泊まりに来るからと、二人で折半して大きいサイズのものに買い替えてある。

「……西条さん?」

ムッとした顔でクマを睨んでいる西条を見て、立花が怪訝そうに呼び掛けてくる。

「尚太が先に好きになったのはクマで、俺は横恋慕だから仕方ないんだけど」

クマはいつ見ても、相変わらず、本当にブサイクだ。

「間男の気分になる」

「……」

立花は相槌を打たず、黙り込んだ。

「冗談だけど」

半分は、と西条は心の中で付け足す。

本気でクマにヤキモチを妬いているわけではない。ただ、立花の家族や学生時代の話を聞くにつけ、彼がクマに執着するのは足りないものを埋めるためだろうとわかるのに、自分と恋人同士になってなお、クマを後生大事に抱き締める姿を目の当たりにすれば、少し不安になってしまうのだ。

立花に向けてクマを手放せなんて死んでも言う気はないし、必要ないとも思うが、自分一人ではまるで足りていないのなら、それは淋しいことのような気がしてしまう。

「――冗談だって。怒るなよ」

だが、立花が仏頂面で黙り続ける姿に、西条は迂闊な発言を悔やんだ。ゆっくりやっていこうと言い出した自分がこれでは、立花が気分を害するのも無理はないと思った。

「……」

立花はちらりと西条を見てから、クマを抱えたまま寝返りを打って西条に背を向けた。

「言わなきゃわからないなら、言いますけど」

思ったことはなるべく口にして言い合おう、というのは、二人の間に起こったことを二人であれこれ反省した末に決めた約束だ。

「うん？」

「……西条さんがいるのに慣れたから、いないと淋しくて、手持ち無沙汰なんですよ」

クマに顔を埋めて言った立花の声は、くぐもって聞き取り辛い。

だが西条が聞き逃すはずもなく、たまらない気分になって、背中からクマごと立花を抱き締める。

――まだまだ、立花の気持ちが読めないことも多い。

その心を読めたり、教えてもらった時、大抵嬉しい気分にさせられるから、西条は立花に会える週末が楽しみで仕方がない。

にやにやしていたら、身動いで振り返った立花に、力一杯睨まれた。

口を開いた立花が今度何を言うかは、西条にも完全に予測がついた。

「わかった、クマじゃなくてベアだな」

「わかってるならちゃんと呼んでください」

先回りして応じた西条に、ぴしゃりと立花の声が返ってくる。西条の前で、立花はもう随分遠慮がない。

それが嬉しくて、西条はクマと立花を抱き締める腕に力を籠める。

立花はしばらく西条を睨んでいたが、そのうち笑い出して、西条も一緒になって笑った。

今週末も、幸福な時間が過ごせそうだと思った。

あとがき

この話を書いている途中で、頻繁に利用していた近所のシアトル系のカフェが潰れました。いつも息抜きに訪れたり、小説のプロットや下書きをしたり、友達と楽しくおしゃべりしたり、打ち合わせで使ったり…愛すべき…お店でした。

何もこれ書いてる最中になくならなくてもいいじゃないと思いました。

西条《さいじょう》は自覚のない変わり者で、立花《たちばな》は自覚がありすぎる変わり者です。

プロットの段階で、西条のキャラクター設定には「割とひどい人」みたいなことが書いてあったんですが、書き始める段階になって「あんまりひどくならないと思います」ということをお伝えした時、担当さんがそこはかとなく深刻な声音で「私、渡海《わたるみ》さんとお仕事をして日が浅いのでわからないのですが、失礼ながらその言葉はどのくらい信用してよろしいのでしょうか」とお訊ねになったのが大変に印象深いです。

そんなにひどくはならなかったよ！

元々は漫画の原作用に作ったお話でした。オリジナルＢＬアンソロジー『Canna（プランタン出版）』にて、同時に二作品のコラボレーション漫画を連載するという企画の時に、そのひとつとして考えたものです。

しかしコラボのためのリンク作というには双方の繋がりが薄すぎる…ということで結局この話は漫画原作としては没になったんですが、せっかく考えたんだし小説で書きませんか？　とおっしゃっていただき、このような一冊となりました。

『ベアダックカフェ』というのは、そのコラボ漫画の『インターバル・ゼロ（鈴倉温《すずくらはる》さん作画）』『純潔ドロップ（如月《きさらぎ》マナミさん作画）』にも出てくるお店で、店名とベアのデザインは鈴倉さんが考えてくださったものです。ありがとうございます！　『ブサイクなクマ』という設定が遺憾なく生かされたすばらしいクマだと思います（笑）！

立花は漫画の舞台である青坂高校出身という設定です。両作品のコミックスがこの文庫の翌月に発売されますので、よかったらそちらもお手に取って頂けますと幸いです。

よしさり気なく宣伝ができた。

この文庫の挿絵は元《もと》ハルヒラさんにつけていただきました。

私は前述の『Canna』で元さんが連載されている、日向《ひゅうが》さんとアカルのシリーズが好きで、それはもう大好きで、イラストを担当していただけることになった時はとても嬉しかったです、日向さん格好いい！

西条もとても格好よく、立花は可愛く…地味可愛く…！ 描いていただきました。立花の伏し目がちだったり、腰が引けてる感じがすごく好きです。西条も何か性格悪そうで嬉しい…ありがとうございます！ クマも最高でした！ クマで勝手にグッズ作りたい。

元さん、担当さんをはじめ、その他この本が作られる・売られるために関わってくださった方、どうもありがとうございます。

何よりこの本をお手に取ってくださったみなさまに、最大級の感謝を。どうもありがとうございました。

また別のところでもお会いできますとさいわいです。あと感想大好き。

渡海奈穂《なほ》

追《お》いかけようか?

プラチナ文庫をお買いあげいただき、ありがとうございます。
この作品を読んでのご意見・ご感想をお待ちしております。

★ファンレターの宛先★
〒102-0072　東京都千代田区飯田橋3-3-1
プランタン出版　プラチナ文庫編集部気付
渡海奈穂先生係 / 元ハルヒラ先生係

各作品のご感想をWEBサイトにて募集しております。
プランタン出版WEBサイト http://www.printemps.jp

著者──渡海奈穂(わたるみ なほ)
挿絵──元ハルヒラ(もと はるひら)
発行──プランタン出版
発売──フランス書院
〒102-0072　東京都千代田区飯田橋3-3-1
電話(営業)03-5226-5744
　　(編集)03-5226-5742
印刷──誠宏印刷
製本──小泉製本

ISBN978-4-8296-2528-6 C0193

プラチナ文庫
Platinum Label

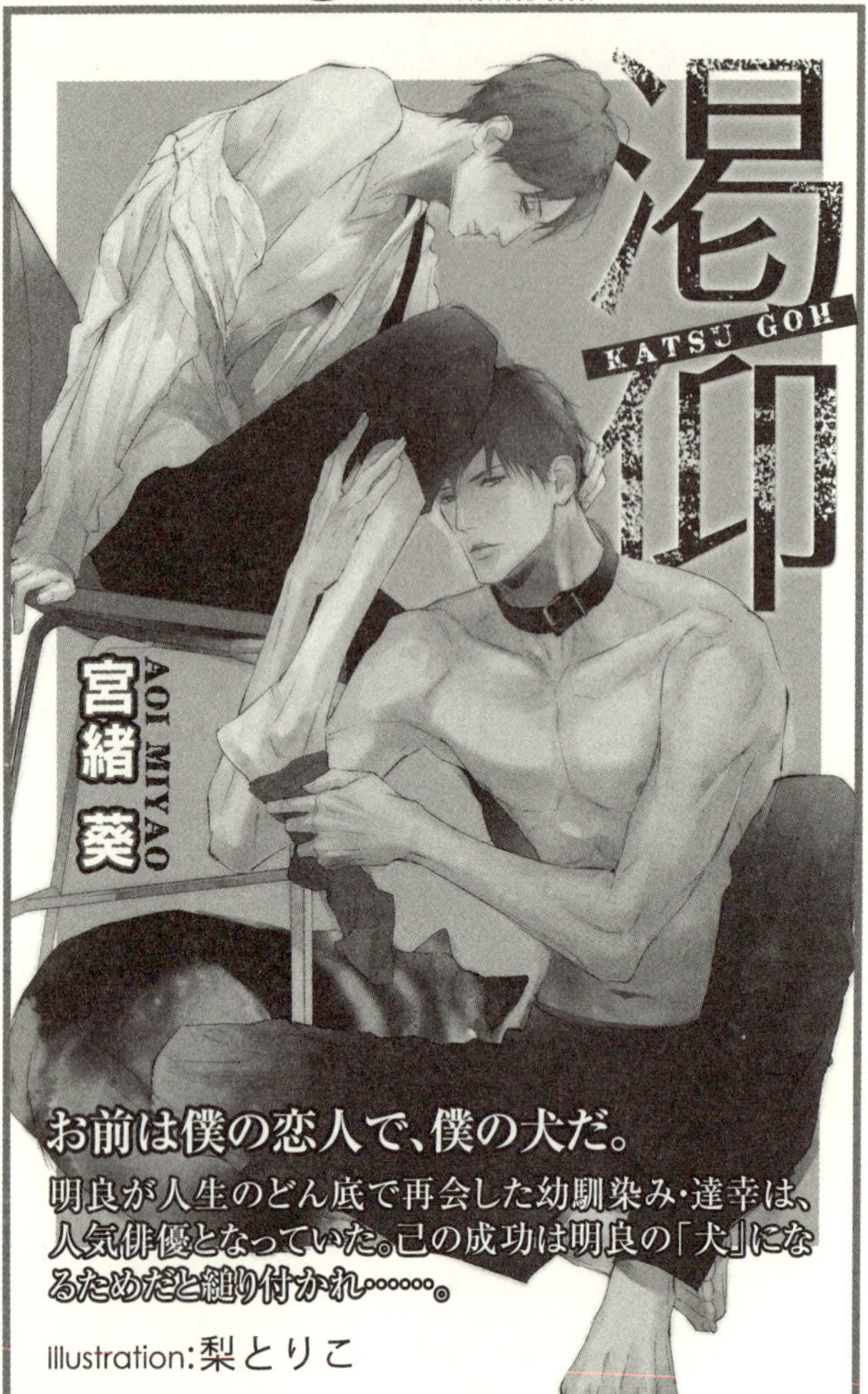

P2525

●好評発売中！●